Refugio de mascotas

Roberto Villar Blanco

Refugio de mascotas

ACVF EDITORIAL
MADRID

Diseño de la colección:
La Vieja Factoría
Ilustración de cubierta: «Thonet», acrílico de Roberto Villar Blanco.

Lectura de prepublicación:
   Lola Coya y José Ramírez

Primera edición en libro: abril de 2016

ISBN: 978-84-944688-2-7

Impresión digital bajo demanda. También disponible en *eBook*

En una tarde calurosa de principios de setiembre me encontré por primera vez con el hombre ilustrado. Yo caminaba por una carretera asfaltada, recorriendo la última etapa de una excursión de quince días por el Estado de Wisconsin. Al atardecer me detuve, comí un poco de carne de cerdo, unas habas y un bizcocho. Me preparaba a descansar y leer cuando el hombre ilustrado apareció sobre la colina. Su figura se recortó brevemente contra el cielo.

El hombre ilustrado

Ray Bradbury

El mundo ya no es lo que era. Ahora, por ejemplo, se vive más tiempo. Yo tengo ochenta y muchos, y es poco. Estoy demasiado sano, aunque no tenga razones para estar tan sano. Pero la vida no quiere desprenderse de mí. El que no tiene nada por qué vivir, tampoco tiene nada por qué morir. Tal vez sea ése el motivo.

Últimas notas de Thomas F. para la humanidad

Kjell Askildsen

Ray

Se sorprendió al encontrarse pensando en esa *terrible solución* tal vez por primera vez en su vida. En realidad, el escalofrío la recorrió al verse sorprendida por la palabra *solución*.

Le tembló la mano con la que dirigía la cucharilla de plástico rebosante de potito de pollo y verdura. Durante un momento la boca del bebé se entrecerró decepcionada. Pero enseguida volvió a abrirse para recibir el alimento que le daba su madre.

¿Cuál sería la mejor manera de hacerlo? La más eficaz e indolora.

Se quitó un cabello de delante de los ojos. Y, al hacerlo, comprobó que había realizado un gesto vano: no había cabello alguno obstaculizándole la mirada. Hacía apenas una semana que se había cortado el pelo. Se lo había cortado mucho. Desde entonces su disfrute del viento había mejorado. Había cambiado, y eso la hacía disfrutar. El otoño estaba siendo muy ventoso, más de lo que recordaba que hubiera sido el año anterior, el primero que pasara en su nueva ciudad. El gesto de apartarse el cabello inexistente le hizo recordar el síndrome de *miembro fantasma*: la sensación de continuar teniendo una mano, o una pierna, por ejemplo, que en realidad ha sido ya amputada.

Su hijo berreó levemente y no tardó en recibir otra cucharada.

La incomodaba la tristeza de no comprender de dónde llegaban esos pensamientos lúgubres, nada frecuentes en ella. El desayuno había estado igual de bien, de sosegado y tranquilizador, que siempre. Le parecía una riqueza que su marido se levantara siempre de buen humor. O, al menos, que se cuidara eficazmente de no expresar molestia alguna cada mañana.

Siempre que él se despedía, sobrevenía un instante de inquietud. Lo tenía ya incorporado a su rutina. El beso rápido prologaba esa mínima y fugaz desazón.

Dos años de casada, dos años de novios, una mudanza, un hijo.

Desde que el bebé había nacido, sus mañanas estaban en función del niño. El resto del día —y de la vida— también, pero, por alguna difusa razón, desde hacía unas semanas las mañanas le resultaban aún más difíciles de sobrellevar.

Ayer, durante la más o menos habitual comida de los domingos con los padres de su esposo, creyó que habían elegido bien el restaurante esta vez. (El juego en el matrimonio estaba ya bien asentado después de tantos domingos de comer en restaurantes diferentes. Luego, a solas, evaluaban risueñamente la comida.)

Apenas reparó en la joven pareja que se había sentado a una mesa a espaldas de ella. Aquel bebé era menor que su Ray: tenía apenas unas cuantas semanas de vida. En un determinado momento se había girado para verlo, en cuanto tuvo la seguridad de que su madre lo había cogido en brazos para darle de mamar. Una visión fugaz que, en realidad, no le sirvió para ver los rasgos de la cara del pequeño.

Las vieiras estaban realmente ricas. Sólo dio un bocado a una de las croquetas que comió su marido. Su lubina le pareció correcta sin más; luego la puntuaría con un seis.

Otro niño, algo mayor que el suyo, que ya dormía en el cochecito entre los dos abuelos, se hacía notar desde una mesa lejana. Lloriqueaba intermitentemente. Sus padres eran más jóvenes que ella y su marido. Él era un tipo atractivo, aunque, quizá, sólo se tratara de un efecto óptico propiciado por las pacientes atenciones que le procuraba al hijo. Recordaba haber degustado un bocado de lubina como un acto de piadosa infidelidad sin dejar de mirar al joven padre. En cambio, ella era una madre definitivamente preciosa que los domingos a la hora de comer parecía delegar sus funciones maternas en su esposo. Tuvo otro rápido y deslabazado pensamiento que incluía unas fresas que nadie había pedido —pues ella aún estaba con la lubina, y el resto con sus respectivos segundos platos—, y otro hombre que tampoco nadie había pedido. A menos de viva voz.

Su suegro le caía sinceramente bien, era campechano sin excederse en su campechanía. La madre de su esposo era elegante y discreta, demasiado tal vez como para resultarle cercana y confiable.

Después de comer, sus suegros se quedaron con Ray. Ellos fueron al cine.

11

Por la noche, juntos los tres nuevamente, pasaron un par de horas risueñas disfrutando de su bebé en el sofá.

No cenaron ni sentía ganas de meterse en la boca parte alguna de su marido. A ambos les pareció razonable que así fuera. Había domingos que ocurría una cosa, y domingos que ocurría la otra. Él se quedó leyendo sentado en la cama. Ella no tardó en dormirse.

De madrugada se levantó con sigilo para no despertarlo y fue al baño. No hizo pis, aunque creía haberse despertado por una señal de su vejiga. Se miró en el espejo del baño durante un buen rato. Se quitó la camiseta y permaneció observándose un poco más. Ligeras contorsiones y cambios de perfil. Se gustó bastante todo el rato. Definitivamente había sido una buena idea cortarse tanto el pelo. Se escuchaba el viento soplando fuera.

Apagó la luz del baño y anduvo en la penumbra hasta la cama. Al volver a acostarse reparó en que estaba desnuda.

No volvió a conciliar el sueño durante la hora y media que faltaba para que sonara el despertador.

Ahora que el desayuno del lunes ya había ocurrido, y el bebé dormiría hasta dentro de un par de horas, pensó en los niños del restaurante. Eran las once y media de la mañana.

Repasó lo que había comido ayer. Las vieras, el pescado, el *coulant* de chocolate, el bocadito de croqueta. El vino le había gustado bastante; su marido lo había puntuado con un ocho y ella con un ocho y medio. Recordó retazos de las charlas. Iluminada por el momento aquel en que él le había acariciado la cabeza como se le acaricia a un niño, pensó en lo mucho que creía querer a su marido. Era una creencia muy sólida. Sin fisuras. Se sintió una mujer afortunada que necesitaba darse otra ducha más que nada esa mañana.

Siempre que se duchaba se sentía tópicamente renovada. El efecto duraba poco, pero era mejor que nada.

Algunos días pasaban a gran velocidad. Este lunes había transcurrido muy rápido. Ya eran las seis de la tarde. Su esposo no tardaría más que una hora u hora y media en llegar.

El sillón era el lugar en el que parecía hacerlo todo menos ducharse. Había visto la tele, había comido, había leído, había dormitado, había consultado en el ordenador portátil la manera más eficaz e indolora... y había estado pensando fragmentos translúcidos de ideas —que ya no recordaba— en el sillón.

Ahora esperaba a su marido mientras jugaba con Ray.

¿Por qué le habían puesto ese nombre? Se lo preguntaba entre risas a su propio hijo de seis meses, mientras le hacía pedorretas en el cuello. El bebé reía desmesuradamente.

El marido tardó algo más de lo habitual en llegar.

Recordó la imagen del castillo abandonado que había visto hacía unas horas en internet. ¿O había sido por la mañana? Un castillo en Ucrania. Había quedado largo tiempo extrañada porque un castillo que parecía estar en buen estado, un castillo habitable, llevara unos cuarenta años deshabitado.

Justo un segundo ante de escuchar las llaves en la puerta sintió que su marido no tardaría mucho más en llegar. Ya está aquí. «Papi ya está aquí», dijo a su niño mientras se le colaba otra vez el pensamiento: *El efecto dura poco, pero es mejor que nada.*

Él entró comentando animadamente por el pasillo el viento que soplaba afuera y lo bien que se está en casa.

Plan de estudios

El profesor de Instituto se llama Óscar y tiene cuarenta años. Da matemáticas. Acaba de terminar una de sus clases a alumnos de cuarto año. La alumna se llama Henar y tiene dieciséis años.

El profesor espera a que los alumnos salgan del aula. Mientras tanto guarda sus cosas en la cartera. Cuando levanta la vista comprueba, como temía, que queda alguien por salir. La alumna, claro. Parece empujado a vivir, finalmente, una escena que se viene anunciando desde hace quince días. Durante estas dos semanas el profesor vivió con creciente inquietud cada una de estas clases en 4º A. Cree que muchos de sus alumnos han percibido el nerviosismo que no ha podido evitar exhibir. Ahora se encuentra con ella mirándolo fijamente a la cara. La adolescente parece a punto de preguntarle algo. El profesor está aterrorizado y no sabe si podrá disimular ese terror.

—¿Puedo hablar con usted?

—Sí, claro, dime.

—No, no es por nada en concreto.

—Ah.

—Charlar con usted.

—Bien.

—Mi madre dice que usted es un buen tipo.

—¿Tu madre? —sonríe y cree que no bastará para evitar que la charla llegue rápidamente a un punto en el que ya no sabrá cómo actuar, qué decir.

—Ella cree conocerlo bien.

—Mmmm... —asintiendo levemente.

—Se lo pregunté.

—¿Qué le has preguntado?

—No recuerdo exactamente cómo salió la conversación.

—¿Sí? —fracasando una y otra vez en su cometido de *normalizar* la charla.

—Y le pregunté qué pensaba de usted.

—¿Por qué le preguntaste eso?

—Me pareció una buena pregunta.

—...

—Ella cree conocerlo bien...

—Es posible —sabiendo que se trata de una expresión fuera de lugar. Como casi cualquiera que pudiera decir.

—Me dijo que era usted un buen tipo.

—Bien... —coge la mochila con un gesto que parece querer decir que se la colgará de un brazo, como hace siempre

—¿No podemos seguir hablando?

—Sí, sí, podemos.

—Ah.

Óscar deja nuevamente la mochila sobre el escritorio y mira resignado a Henar.

—Podemos.

—Yo también creo que es usted un buen tipo.

16

—Gracias.

—Ya sé que no necesita mi aprobación.

—No.

—Ni mi madre.

—Ya.

—Pero, en cualquier caso, tiene mi aprobación.

—¿Para qué? —entregado a la impotencia de no conseguir evitar hacer preguntas equivocadas.

—No sé. Para lo que suceda.

—Para lo que suceda...

—*Aprobación* tal vez no sea la palabra adecuada. No tiene mi oposición.

El profesor asiente.

—Ni mi madre. Mi madre tampoco tiene mi oposición.

—¿Has hablado con ella?

—Siempre hablo con ella.

—De esto, quiero decir —envalentonado porque cree percibir que también a ella se le escapan efluvios de terror.

—De todo. Hablo de todo.

Coge nuevamente la mochila, como reconociendo la derrota. Comienza a comprender que las palabras pueden marearlo hasta hacerle perder el equilibrio. Tiene que salir de allí ahora mismo. Y tiene que salir solo y por su propio pie.

—Creo que es mejor que dejemos la charla aquí —sonando menos tajante de lo esperado.

—Como quiera.

—Adiós —dirigiéndose ya hacia la puerta.

—Profesor...

El profesor de matemáticas se detiene. Gira su cuello, pero no tanto como para dirigirle una mirada a la alumna de 4°.

—Sí...

—¿Puedo tutearlo?

—Eres la única de todos vosotros que no lo hace.

Óscar sigue su camino. Sale del aula. El pasillo le parece una amplia playa. Camina hacia la salida del edificio como si no temiera meterse en el mar.

Habitación 34 del hotel Conde. Tres engañosas estrellas. La mujer se llama Claudia, es ama de casa. Él se llama Óscar, y es profesor de matemáticas. Acaban de hacerlo. Y ambos recuperan el resuello oliendo el furtivo aroma del desinfectante. Aún no han hablado de lo que se disponen a hablar. Él saca el tema. Intenta comenzar con una frase que no sea *No puedo más*.

—¿Por qué lo sabe?

—¿Quién, qué?

—Tu hija.

—¿Qué sabe mi hija, amor?

—Me lo dijo. Habló conmigo.

—Yo...

—Es grave.

—...no le he dicho nada. ¿Cómo iba a decirle esto?

—Porque tú y ella lo habláis todo.

—No le he contado nada de esto, Óscar.

—Lo sabe.

—¿Qué te ha dicho?

—Que me autoriza.

—¿Que te autoriza?

—Sí, y a ti.

—¿Que nos autoriza a qué?

—Autoriza, no. Aprueba.

—...

—Me aprueba. Nos aprueba. Aprueba lo nuestro.

—No sabe nada de lo nuestro.

—Sí que lo sabe. Se lo has contado.

—No, no lo he hecho. Me moriría antes de contarle nada.

—Lo sabe.

—Hablaré con ella.

—¿De qué? Si no se lo has contado, ¿de qué vas a hablar?

—Habrá que aclararlo. Aclararlo todo.

—¿Cómo se aclara todo esto, Claudia?

—¿Por qué no me lo has dicho antes?

—¿Antes de qué?

—Antes de follar.

—¿No te ha gustado?

—Sí, sí que me ha gustado. Me ha gustado mucho.

—No sé. Decidí sobreponerme. Esperar.

Callan durante un instante.

—Hablaré con ella. De alguna manera —dice ella.

—Se nos está yendo de las manos.

—Mi hija es de fiar.

—Sí, es un encanto.

—Si sabe algo, no dirá nada.

—Lo sabe.

—¿Qué sabe exactamente?

—No lo sé. Hablaba como si lo supiera todo. Como si conociera los detalles.

—No te comprendo.

—Tenías que haberle visto los ojos. La mirada. Hablaba como si supiera que hoy estaríamos en la habitación 34 de este hotel.

—Ella es así. Es muy especial.

—Dime que digo tonterías. No me digas que tu hija es especial. ¿Cómo de especial? ¿Tiene poderes? ¿Qué nos hará entonces?

Ella explota en una carcajada. Él la sigue con una inevitable y gran sonrisa.

—¿Tú te oyes hablar? —acariciándole maternalmente la mejilla.

—Deberías haberla visto.

—Hablaré con ella.

—No, no lo hagas. Si ya lo sabe, no hay nada de qué hablar.

El profesor besa a la ama de casa. Tienen una media hora por delante. Tiempo durante el que dejarán de hablar de la hija, de la alumna.

La esposa del profesor de mates se llama Tina y no ha preparado la cena. Él llega a casa y no le sorprende oler sólo aroma a casa. Ella es una buena cocinera y él comprende que, tarde o temprano, llegaría una noche en la que no se vería con ánimos de demostrar lo buena cocinera que es. Hablan sentados en el sillón. Ambos desconocen cómo han de comportarse. Ninguno de ellos se ha visto en una situación como ésta antes. Ni tan siquiera durante relaciones sentimentales anteriores. Tal vez puedan mantener la calma y comportarse de un modo cerebral, piensa el esposo. Tal vez no consiga evitar que la rabia, en alguna de sus formas, se me salga por los ojos, piensa la mujer.

—Sí, claro, hablemos —acepta él.

—No sé quién debería empezar.

—Tampoco yo, amor.

—Elijamos bien las palabras. En caso de duda...

—No te preocupes tanto por hacerlo bien. Lo haremos bien.

—¿Cómo puedes estar tan seguro?

—Tal vez porque creo que casi cualquier cosa que hagamos o digamos, o no hagamos y silenciemos, estará bien dicha y bien hecha.

—Siempre has tenido las cosas más claras que yo.

—Podremos manejar las consecuencias.

—Tú estás seguro de poder. Y eso me tranquiliza: no me gustaría tener esta charla con alguien que esté pasando *exactamente* por lo mismo que yo estoy pasando ahora.

—Debería empezar por disculparme.

—¿Disculparte?

—Por haberte traicionado, de alguna manera.

—¿De alguna manera? Elige bien, Óscar.

—Sin más. Por haberte traicionado.

—No sé si debemos meternos así de brutalmente en el tema del perdón. Creo que lo menos importante es discernir si debo perdonarte o no. La verdad es que es algo que me haría sentir bastante estúpida si me lo planteara seriamente durante un tiempo.

—¿Prefieres que intente explicarte por qué?

—No, no es que lo prefiera. No prefiero nada. Me molesta muchísimo saberme tan comprensiva con todo.

—Sí, es algo con lo que tú no podrías contar si la que me hubiese... traicionado, hubieras sido tú.

—Ni me tranquiliza ni lo contrario.

—¿Sigues pensando que deberíamos hablar? ¿Que hablando llegaremos a alguna conclusión? ¿Que hablando, de algún modo, nos ayudaremos? ¿O, al menos, yo te ayudaré a ti?

—¿Tú qué necesitas?

—Que no seas tan generosa conmigo.

—Pues te jodes.

—Creía que nunca nos veríamos en esta circunstancia. En la circunstancia de perdonar o no perdonar. Pedir perdón o no pedirlo. Dejarlo o seguir.

—Es tan difícil no sonar patéticos.

—No suenas patética.

—Patética y traidora.

—No me has traicionado. Yo, sí.

—Me he traicionado. Era yo la que decía que la infidelidad es un tema con el que jamás perdería el tiempo.

—Yo también lo decía, amor.

—Pero yo lo creía. Creía sinceramente que se trataba de un problema irresoluble. Creía que no debatiría ni un segundo sobre qué hacer o qué no hacer. Sobre cómo enfrentarse a ello. ¿Enfrentarse a qué? Es todo tan estúpido. Es tan doloroso ver en lo que una se ha convertido. En lo que se han convertido sus ideas. Sus convicciones.

—Exageras.

—Soy otra. Tú me has convertido en otra. Me has abierto los ojos que creía tener ya abiertos. Eso es algo que debo agradecerte.

—Pero...

—No tienes que hacer nada más. Ni por mí, ni por nosotros.

—Tina...

—Me da igual. No hagas nada. Lo que quieras. Nada.

—Amor...

—Lo que no tiene solución no es un problema. ¿Quién decía esa imbecilidad?

—No llores.

—No estoy llorando. Mírame. ¿Me oyes?

—Sí, te oigo.

—Escucha lo que te estoy diciendo. No estoy llorando. No estoy llorando. Y ahora dime que no me he convertido en una mujer patética.

—Haremos algo.

—¿Qué?

—Haré algo.

Óscar anuncia a la clase que el miércoles habrá examen. Lo hace mientras guarda sus cosas en la mochila. Y dice también que será un examen decisivo. Utiliza el término *decisivo*. Henar se inquieta levemente. Como siempre, espera estar a la altura. Después de dar por terminada la clase, el profe es el primero en salir del aula.

El modo en que a Henar le afecta el cambio de instituto del profesor Óscar a mitad del curso lectivo no se ve reflejado en las notas. Obtiene más o menos las mismas calificaciones que en trimestres anteriores. En los años posteriores tampoco habrá grandes variaciones. Pero sería incierto afirmar que a ella le da igual que su profe de mates haya cambiado imprevistamente de instituto. Casi sin despedirse. O, peor, despidiéndose de ese modo tan general, tan impersonal. Despedirse sin despedirse de ella. Esas cosas duelen mucho. Y durante mucho tiempo. No le gusta contar esta historia. Hace que se sienta de un modo que no la enorgullece.

Claudia y su marido tienen todo el sábado por delante. Su hija se quedó anoche a dormir en casa de una amiga. No volverá hasta esta noche. El matrimonio decide salir a caminar. Son casi las doce del mediodía. Han dormido bien porque se acostaron de buen humor. Ella compra un pequeño espejo para el recibidor en una tienda de antigüedades. No pesa demasiado y es él quien carga con el espejo durante todo el paseo. Comen en un pequeño restaurante en el que nunca habían estado. Regresan caminando a casa. Son casi las cinco de la tarde y antes de dormir una siesta hacen el amor de un modo más que satisfatorio para ambos, teniendo en cuenta que llevan juntos algo más de veinte años. Han tenido sus altibajos, pero no es algo que plazca recordar un sábado tan agradable como el que se están regalando.

Claudia oye llegar a Henar. La esperaba más tarde. Son apenas las nueve de la noche. La habitación se ilumina levemente con la luz que se acaba de encender en el salón. A su lado, su marido duerme inmutable. Ella recorre las paredes de la habitación con la mirada. El techo. La puerta. Imagina las estancias del resto de la casa. Oye el ruido que produce su hija hurgando en la bolsa con el espejo para el recibidor que ha quedado en el sofá. Piensa en que ojalá nunca se vea obligada a abandonar su hogar. Esta casa. Por ninguna circunstancia. Odia las mudanzas.

La hija apaga la luz del salón y es de noche otra vez.

¿Le gustaban a ella las flores?

En casa nunca se habló de esa mujer.

Samantha apareció en nuestras vidas hace cincuenta y cinco años. Primero en la de mi padre, claro. Después, en las del resto de la familia. Cuando tuve las primeras noticias de ella, yo tenía cinco años. Cuando dejé de tenerlas, quince. Después, su recuerdo continuó aromando nuestras casas, y también la pensión familiar, que papá no tardó en vender y hace ya mucho tiempo dejó de ser una pensión.

Ahora tengo sesenta años. Durante todo este tiempo olvidamos y recordamos a aquella mujer con una periodicidad caprichosa. Casi siempre, secretamente.

Los datos acerca de ella son difusos. Lo único cierto, irrebatible, es que su llegada cambió la vida de muchas personas. En algún sentido puede decirse que trajo la infelicidad a mi familia. Aunque no sé si mi padre estaría de acuerdo con esta tajante afirmación. Ni yo lo estoy, a decir verdad.

Tomando como referencia su llegada para fechar los años y acontecimientos anteriores, puedo decir que mi padre y mi madre se conocieron aproximadamente diez años antes. Se casaron dos años después. Mi hermana nació ese mismo año. Yo, dos más tarde. Éramos una familia razonablemente feliz. Mi padre se encargaba de la pensión. Mi madre, de la casa. Y de nosotros, que estábamos siempre acompañados por ella. No sería justo calificar a mi padre como *ausente*, aunque mi hermana se quejó de siempre de no tenerlo más tiempo en casa. Yo me he quejado menos de esa falta. Y, en general, me he quejado menos de todo.

Suena ingenuo, pero en mi familia todos nos hemos querido siempre mucho. Yo me sentía seguro en casa, con mi madre y mi hermana. También en el coche, con mi padre. En casa de mi tía Lidia, adonde íbamos a comer todos los domingos de mi infancia y adolescencia. En la escuela, donde nunca fui un líder, pero tampoco el niño al que todos daban de lado. Mi expediente académico no fue brillante, pero después del bachillerato ingresé en la universidad, y me licencié en Derecho sin contratiempos. Sigo trabajando como abogado. Tuve dos o tres novias más o menos formales antes de casarme. Tenemos dos hijos. Ambos están en la universidad. Siempre me gustó escribir. He ganado un par de modestos premios literarios. Cuando me jubile retomaré la escritura de mi novela.

No hay acuerdo acerca de las intenciones que traía la mujer. Tampoco sobre su aspecto. ¿Sibilina serpiente rubia? ¿Astuta zorra morena? ¿Dulce gatita rojiza?

De tener el gran lunar que se dice tenía, éste era viajero. Algunos creen habérselo visto en una mejilla. Otros, en un hombro. Alguien lo ha intuído camino del precipicio de su escote. Quizá hasta soñé que mi tía aseguraba que Samantha era ciega. Todo en ella es de difícil definición.

Mi madre no tenía dudas acerca de cómo calificarla.

Las familias se inventan enemigos. Potencian o extreman las caracteristicas de alguno de sus miembros —muchas lo hacen de sólo uno de ellos— para convertirlos en puñales —o venenos— dirigidos contra otros integrantes de la familia. O contra el propio creador del arma, que los dispara —o administra— contra sí mismo en un descuido. Mi familia no iba a ser menos.

Yo me he creído la ilusión de haberme enterado de todo.

Entreviendo desde una cierta distancia. Oculto. Hilando frases que quedaban inconclusas, como si el viento cambiara repentinamente de dirección y se llevara el final lejos de mis oídos. Descifrando rostros mañaneros y nocturnos. Navegando por largos silencios. Pegando retazos. Armando un collage. Esta historia —como casi todas— ha sido construida con esos materiales hurtados a las sombras. Pero, sin embargo, me cuidaría de decir que se trate de una ficción. Al menos no diría que es una ficción inventada por mí. Sólo por mí. El caso es que ha pasado mucho tiempo desde entonces, y no he encontrado en mi familia restos escritos que dieran fe de la irrupción de Samantha. Aunque estoy seguro de que si alguno de los pocos familiares que quedan lee alguna vez este escrito, dirá que ese o aquel párrafo me fue dictado por él. Se sentirá tan autor como yo.

Reuniendo unas cuantas primeras ensoñaciones neblinosas —y completándolas con otras— puedo arriesgar que ella llegó a la ciudad desde el interior del país. Recaló en la pensión de mi padre. Como tantos otros que llegaban a la capital a ganarse la vida. Se aferró al primero que le demostró un poco de sincero afecto. Desconozco si ella percibió que ese afecto era sincero —yo no lo dudo— o simplemente creía que tendría más posibilidades de supervivencia, o de superación, o menos miedo, apoyada por un hombre de aquí. Un hombre de la ciudad. Y lo sedujo.

Pruebas no hay, pero debía ser más joven que mi padre. Unos veinte años más joven. Papá, cuando la vió por primera vez, tenía cuarenta. Podría ser su padre. Pero era el mío.

Mi tía Lidia, hermana de papá, parece haber sido la primera en sospechar. Ella iba con frecuencia a la pensión. Limpiaba un poco, ordenaba papeles. No hacía nada en concreto y a la vez hacía de todo un poco. Se supone que los descubrió una tarde.

Mi tia tenía una relación cercana con mi padre. Aunque no debe deducirse de ello que hablaran de todo. O de cuestiones profundas. Ni de las cuestiones banales. Hablaban poco. Todo el mundo hablaba poco con mi papá. Jamás le habría planteado claramente a su hermano que sabía lo que estaba pasando entre él y esa joven huésped. Pero, conociendo a mi tía, no habrá dejado tampoco de sembrar mojones a lo largo del camino más o menos cotidiano de mi padre. Señales que mostraban y escondían a los ojos de su hermano todo cuanto sabía de él.

Tampoco cabe esperar que papá se diera por aludido. La ventaja de los hombres reservados es que siempre resultan convincentes.

Mi madre tardó dos años en enterarse. Entiendo que, finalmente, le sonsacó a tía Lidia lo que ésta no había tardado en conocer y guardaba para sí desde entonces. Paradójicamente, y esto es algo que mi madre nunca le perdonó a su cuñada, mi tía ha sido incapaz de darle una descripción certera del tipo de relación que Samantha había establecido con mi padre. Pero mi madre la dedujo. Lidia juró y perjuró a su cuñada que jamás había visto a la chica, que no sabía cómo era. Seguro. Conozco bien a mi tía Lidia.

Una vez, sombras moviéndose en la habitación entrevistas desde el patio a través de la puerta entreabierta. Otra, una especie de gemidos indefinibles y determinantes a un tiempo. Tantas ocasiones la mirada esquiva de mi padre. Eso no es ver. Pero tampoco es no ver.

Cuando mi madre se presentó aquella tarde en la pensión, la intrusa ya no vivía allí.

Mi madre puso a mi padre entre la espada y la pared. Sin introducciones victimistas. Sin llanto. Simplemente le dijo que dejaba a esa mujer o la dejaba a ella. Mi padre sí que tuvo un comportamiento melodramático. Aseguró no saber de qué le estaba acusando. Mamá no estaba dispuesta a dar explicaciones. Papá se ofendió gravemente ante la inédita falta de confianza de su esposa. Ella no estaba dispuesta a entrar en ese juego adolescente. Dio por terminada la reunión y ya decidiría él la decisión a tomar.

Yo no estaba en casa cuando ocurrió esta posible escena. Tampoco mi hermana. De haber estado alguno de nosotros, la escena no habría tenido lugar. Mis padres eran discretísimos en ese sentido. Y en casi todos. Sonreían bastante. Reían poco. Nunca los hemos escuchado discutir. Ni siquiera por tonterías. Y sólo alguna noche hemos podido deducir que ese atenuadísimo sonido proveniente de su habitación era un jadeo que tenía por dueño a alguno de ellos. A mi madre, probablemente.

Como ya he dicho, papá era de pocas palabras, pero todas las que dirigía a mi madre parecían dulces. Ella lo adoraba.

Una tarde escuché a mi padre llorar. Lo escuché como detrás de muchas paredes, claro. Pero era él. Y lloraba.

Mis padres no se separaron nunca. Papá murió hace cinco años. Mamá, la semana pasada. Mi tía acaba de llamarme. Dice que quiere que nos veamos. Está muy mayor y casi no puede moverse.

Mi hermana, durante el velatorio de mamá, me confesó que un día pudo escuchar la voz de esa chica por teléfono.

—¿La voz de Samantha? —pregunté.

—¿Se llamaba así? ¿Cómo sabes que se llamaba así? —inquirió extrañada.

Me quedé pensando en cómo sabía yo que la amante de mi padre se llamaba Samantha. No supe qué decirle. Mi hermana sonrió y su cara me hizo recordar cuando ella era pequeña. Y yo también.

Quizá Samantha esté ya muerta. Quizá. No tiene por qué haber muerto, claro. Ni tampoco tiene por qué haber existido.

Paseo marítimo

En la penumbra vio cómo el tipo realizaba el ritual. El calzoncillo, el pantalón, la camiseta, los calcetines, las zapatillas. Ni siquiera echó un vistazo atrás antes de salir de la habitación. Ella permanecía con los ojos abiertos, tendida desnuda sobre las sábanas. En ningún momento pensó en abrir la boca.

En cierto modo puede decirse que disfrutó viendo cómo el tipo se vestía. Era atractivo. Tal vez sólo tenía un buen cuerpo. Lo había hecho bien anoche. Esta madrugada, más bien. La había hecho gozar. Se lo dijo después de la segunda vez: «Me has hecho gozar». Recibió una especie de agradecido bufido por toda respuesta. Ella tampoco había tardado en dormirse.

No debían ser ni las ocho de la mañana. Gustosamente le habría preparado el desayuno. Ni siquiera a cambio de otro polvo. Y con zumo de naranja.

Le pareció que al marcharse había dejado un olor no demasiado agradable. Aunque tampoco definitivamente desagradable. Y eso que ayer, anoche, esta madrugada, antes de entregarse a la ceguera del sexo, le había parecido que el tipo olía bien.

No había estado mal el regalo de cumpleaños que se había procurado. Un cuarentón de buen ver que por primera vez había pisado el bar y al que seguramente jamás volvería a ver. Un anónimo que resultó ser un amante digno, a pesar de los cubatas que llevaba encima. Ahora que el forastero había decidido seguir viaje, se dijo para sí «Felices cincuenta y uno». Y no se sintió víctima de crisis o nostalgia alguna.

Aún podía aspirar a amantes diez, quince o veinte años más jóvenes. Tipos sin elevadas pretensiones, quizá. Pero tampoco ella las tenía.

El gordo lo había visto todo, claro. Y ella no podía dejar de sentir cierta pena por él. Sabía los sentimientos que despertaba en el afectuoso y obeso dueño del bar. No podía resultarle agradable al pobre presenciar el proceso. Y lo vio todo porque estaba siempre muy pendiente de ella. Seguramente el gordo pudo presentir que el extraño y ella acabarían juntos esa noche. No era la primera vez que la veía salir de su bar con un desconocido. Y aun con algún habitué. Ella era así.

Se consideraba un amigo. Aunque no era idiota y sabía que no reunía los requisitos que la cincuentona parecía contemplar para considerar como tal a un hombre. Su tienda de ropa estaba al otro lado de la calle, casi exactamente frente al bar del gordo. Él podía verla atender la tienda desde detrás de la barra —el suelo en esa zona estaba algo más elevado que el del resto del bar—, y no dejaba de echarle vistazos desde allí. Ella solía desayunar en el bar, y durante el día, de vez en cuando, cruzaba con el gordo un saludo a la distancia cuando la tienda estaba vacía y salía a fumar a la calle. Se conocían desde hacía tres años. Casi desde el primer día el gordo no pudo evitar traslucir sentimientos que ella no correspondería ni aunque fuera el último hombre en la tierra. No era estúpido y lo sabía. Lo supo desde el principio.

Cuando escuchó el ring del teléfono dio por hecho que se trataba de su hija, que quería ser la primera en felicitarla. Eran exactamente las nueve y casi no había cambiado de postura desde que el ligue de anoche se marchara. Fuera hacía otro precioso día de verano. Aunque la luz parecía la misma que ayer o antes de ayer a esas horas. El aroma proveniente del mar, eso sí, resultaba más acre. Pensó en que hoy debería airear la habitación, aunque enseguida sonrió ante lo absurdo del pensamiento: cada día aireaba la habitación.

—Hola, hija.

—Hola, mamá.

—Qué temprano llamas.

—¿Te he despertado?

—No, tranquila.

—A las ocho y media estás siempre arriba. ¿Te has duchado ya?

—Aún no.

—Hoy llegas tarde a la tienda.

—Hoy no abriré la tienda.

—¿Por qué?

—No lo sé muy bien. Supongo que hoy es mi día.

—¿Tu día?

—Sí, mi día.

Lo dijo dando por hecho que sería justamente entonces cuando su hija la felicitaría.

—Ah, muy bien.

—...

—¿Estás bien, mamá?

—Muy bien, sí.

—¿Y qué harás en *tu día*?

—Nada en especial. ¿Me sugieres algo?

—No, no, nada. Es decir, no sé. Si se me ocurre algo...

—Me llamas.

—Si se me ocurre algo, te llamo.

—Venga, no lo estires más.

—¿Qué?

—Que ya me lo puedes decir.

—¿Qué cosa?

—Vale, como quieras, sigamos...

—Estás rarísima.

—Ya, deben ser los años.

—Ja... sí.

—Cincuenta y uno no se cumplen todos los días.

Lo dijo mirándose los pechos en el espejo de la puerta del armario. Tocándose la leve tripa, sacando una pierna de entre las sábanas y apretándose un muslo para ver reflejado el efecto de la presión sobre la carne, como esperando superar la prueba de calidad, sin saber en realidad en qué consistía tal prueba.

—Aún no los has cumplido.

—Hoy es diecisiete, hija.

—Hoy es dieciséis, mamá.

—Hoy es...

—…

—¿Mañana?

—Tu cumpleaños es mañana.

Tardó en retomar la conversación. Presa de una extraña decepción, le pareció que una especie de desajuste astral le había jugado una broma a la que no le encontraba la gracia. Todo cuanto comenzó a ocurrir anoche en el bar, en realidad debería comenzar a ocurrir esta noche.

—Es extraño —dijo sin saber qué pensar ni en torno a qué pensarlo.

—Mañana nos veremos, mamá.

—Claro, sí, ven…

—¿No preguntas por él?

—¿Has visto a tu padre?

—¿Mi padre?

—Le habrás dicho que ni se le ocurra pisar esta casa, ¿no?

—No he visto a papá. Hace seis meses que no veo a papá. Y la última vez que llamó fue hace tres semanas. Te lo conté.

—Sí.

—Tu nieto. ¿No preguntas por tu nieto?

—¿Cómo está?

—Está bien, mamá, está bien.

A eso de las dos y media de la tarde llamaron al timbre. Lo oyó desde la cama. Permanecía desnuda y somnolienta. ¿Qué sería lo aconsejable? ¿Agotar el día tumbada allí? ¿Levantarse con la excusa del timbre y comer algo? El ring volvió a oírse. Se levantó. Se puso la raída bata de pretendida seda roja y fue decidida hasta la puerta. Por entre los cristales de la puerta teñidos de tenue color caramelo pudo ver la silueta del gordo. Dudó un instante. La convenció el hecho de saber que podía ser un tipo muy persistente.

—Hola, rey —dijo con el mismo tono con que llamaba *rey* a cualquier otro.

—¿Estás bien? —como si esperara que no lo estuviera.

—Estupendamente —mientras abría aún más la puerta y se apartaba del vano invitándolo a entrar con un gesto.

—Me tenías preocupado. Permiso.

—Pasa —cerrando la puerta.

—No tengo tu teléfono. Acabo de darme cuenta de que no tengo tu teléfono. Deberíamos tener nuestros teléfonos. Trabajamos el uno enfrente del otro. Deberíamos estar disponibles. Por cualquier cosa. Uno nunca sabe. Deberías darme tu móvil. Y el fijo. ¿Tienes teléfono fijo?

—Claro.

—Permiso.

—Ya estás dentro.

—Nunca había estado en tu casa. ¿No es curioso?

—Sí. Bueno...

—Somos amigos.

—Ya.

—Nunca había estado aquí —dijo recorriendo rápidamente el salón con la mirada.

—¿Quieres tomar algo?

—Hoy será un día muy caluroso.

—Eso parece.

—Tienes una casa muy bonita.

—No, no mucho.

—No sabía qué te había pasado.

—Nada malo.

—¿Lo comprendes, verdad?

—¿Qué cosa?

—Mi preocupación.

—No debes preocuparte por mí. ¿Qué quieres beber?

—Anoche, lo último que supe de ti...

—Cerveza no tengo.

—Agua. Agua fresca.

Le señaló el sillón. Fue hasta la cocina. Le sirvió agua fría de la jarra de la nevera. Él permaneció sentado en silencio, mirando las paredes de la casa, imaginando lo que abría detrás de las dos puertas. Una cerrada, la otra entreabierta. Ella volvió con el vaso de agua.

—Está bien fría.

—Gracias —dijo el gordo sin poder evitar que su mirada se perdiera en el escote doméstico que fabricó la abertura de la bata.

—Perdona que te reciba así —haciendo desaparecer el escote al cerrar la bata y ajustar el lazo en su cintura.

—No sabía si interrumpiría algo.

—No podías saberlo.

—¿Qué?

—No podías saber a ciencia cierta si interrumpirías algo o no.

—Claro —bebió intentando comprender cabalmente lo que ella acababa de decirle.

—Estaba descansando.

—¿Te encuentras bien?

—Necesito descansar.

—Sí. ¿No necesitas nada más?

—Descansar.

El gordo acomodó sus brazos de modo que le ayudaran con la fatigosa maniobra de ponerse en pie. Lo hizo al tiempo que dejaba escapar un suspiro.

—Debo bajar de peso.

—Sí, rey, eso ayudaría a que te sintieras mejor. Físicamente mejor.

La caída de la tarde la sorprendió en la cama. Calculó que ya serían las nueve y media. Aún quedaba una media hora de esa luz que, los días que no se encontraba baja de ánimo, le parecía preciosa. Había intentado dormir y sólo lo había conseguido intermitentemente durante pocos minutos.

No tardarían en ser las diez. Llevaba todo el día en la cama. Desnuda. Echarle la culpa del olor de la habitación al aire proveniente del mar, o a la estela que había dejado ese hombre hacía ya tantas horas, era una excusa sin peso.

Ya eran las diez y cuarto.

Había sido un día muy caluroso y la brisa prometía una noche redentora.

Lo primero que pensó cuando escuchó el timbre, ya bien entrada la noche, fue en que el gordo había vuelto. Podía ser un tipo realmente pesado. Se preocupó por no dejar resquicio al escote ajustándose la bata camino de la puerta. No tardó en darse cuenta de que la silueta difusa tras el cristal no era la del gordo, aunque no supo de quién se trataba hasta que abrió la puerta.

—He vuelto —dijo el cuarentón apoyado en un gesto exageradamente teatral.

—Ya veo —sinceramente sorprendida.

—¿Puedo pasar?

—Claro, claro... —sabiendo que no había conseguido disimular su alegría.

—No voy a robarte mucho tiempo.

—¿Ah, no? —dijo con inquietud.

—Espero que podamos llegar a un acuerdo rápidamente.

—Claro —sonriendo con veterana picardía.

—Quiero comprarte el coche.

—¿Perdón...?

—Tu coche —dijo señalando levemente hacia la calle.

—¿Mi coche?

—Guapísimo tu coche.

—Joder...

—Me gusta tu coche.

—Tiene gracia, perdona, no te había pillado. Esta introducción tuya...

—No hay nada que pillar.

—Te has ido muy pronto hoy, ¿no?

—¿Hoy? No, me he ido cuando desperté.

—Ya.

—¿Me lo vendes?

—Está siendo un día muy extraño.

—Tampoco es tan raro. Me gusta tu coche, quiero hacerte una oferta.

—Mi coche tiene diez años.

—Doce.

—...

—Pero me gusta y sé que está en buen estado. Me sirve.

—¿Para qué te sirve?

—Para mi trabajo.

—¿De qué trabajas?

—Tiene gracia que después de las horas que pasamos juntos, y de la cantidad de chorradas que nos preguntamos, no quisieras saber de qué trabajo hasta ahora mismo.

—...

—¿Cuánto pides?

—No. No vendo mi coche.

—Puedo hacerte una buena oferta.

—¿De qué coño trabajas?

El tipo sacó una tarjeta del bolsillo delantero de su vaquero. Una tarjeta personal algo ajada. La extendió hacia la cincuentona.

—Si quieres escuchar mi oferta, llámame. Pagamos bien...

Cogió la tarjeta sin dejar de mirarlo a la cara, definitivamente era un tío atractivo. Se sintió aturdida por la sucesión de los acontecimientos del día. El tipo sonrió antes de abrir la puerta y salir de la casa. Ella cerró la puerta. Cuando escuchó alejarse al coche, permanecía casi exactamente en la misma posición. Sosteniendo la tarjeta que aún no había leído. Confusa.

Se metió en la cama. Otra vez ese olor. Pero no tenía fuerzas de nada. Se tocó el vello del pubis y se olió los dedos. Ya se ducharía mañana para recibir a su hija y a su nieto. *¿Cuánto puede costar mi coche?*

Se levantaría pronto y prepararía su tarta de chocolate. Tenía todos los ingredientes. Tampoco mañana abriría la tienda. Decidido. *Mierda, el gordo volverá.* Deberían darse los teléfonos para evitar esas visitas. Compraría una tarta de chocolate. *La compraré hecha.* Su nieto no notaría la diferencia.

Osmundsen

Acababa de besar por primera vez a una chica. Me preocupaba mucho la saliva, pero durante ese momento no recordé tal inquietud. Yo tenía quince años. Ella dieciséis. Desconocía si también ella consideraba que había sido yo el instigador del beso, o pensaba exactamente lo contrario. No hablamos de ello después.

No era la primera vez que estaba en su casa, ni en su habitación, ni en su cama. Sentados y vestidos. Era su amigo. Y no era el único que tenía. No había nada sexual en ello. Para ella. Era nórdica.

—Odio el colegio —dijo medio segundo después de separar sus labios de los míos.

Yo no podía estar más de acuerdo. Ni más mareado. Finalmente, hablé:

—Sí.

—Creo que es una pérdida de tiempo. No se aprende a hacer cosas interesantes.

—No.

—Es un trámite.

—Sí, un trámite.

—Estoy deseando que acabe.

—Yo también.

Era un chico de pocas palabras. Como ahora. Pero cuando conseguía decir algunas en situaciones tan extremas como aquélla, me sentía orgulloso de mí mismo. Llevaba el peso de la conversación. Acababa de besar por primera vez a una chica, y allí estaba, sobreponiéndome a una sensación de vértigo y hablando con la más absoluta naturalidad acerca del sistema educativo. Hubiera preferido que se callara y retomara el beso que ella había interrumpido, qué duda cabe, pero siempre fui un tipo paciente. Los pusilánimes sabemos esperar.

—Mi bisabuelo se apellidaba Osmundsen —dijo sin dejar casi espacio entre mi respuesta anterior y su nueva declaración.

—Como tú...

—Era policía en Oslo.

—La capital de Noruega.

—Era implacable. Dice mi padre que si te interrogaba su abuelo, acababas confesando lo que él quería que confesaras. Y sin torturarte.

—¿Sí?

—Es bastante famoso en Noruega.

Era mi oportunidad de contar la anécdota de *mi* abuelo. Un tipo sobre el que apenas si conocía algo, pero estaba seguro de la leyenda de los sifones.

—Mi abuelo inventó la protección de los sifones. Esas protecciones de plástico que se le ponen a los sifones. Así, si explotan, no saltan los cristales.

—Mi abuelo era policía en Oslo —insistió ella.

—Sí.

—Un escritor se basó en él para el personaje de uno de sus relatos.

—¿Qué escritor?

—Askildsen.

—Ah, sí —dije mientras intentaba en vano retener el nombre.

Iba por la avenida Belgrano rumbo a mi casa, sin añorar que no hubiera habido otro beso. La charla que habíamos tenido daba a nuestro encuentro una trascendente madurez que compensaba mis ansias de más cercanía física. Recorría la distancia de cinco calles que separaba su casa de la mía. Vi un tumulto de gente en la acera. Me acerqué y pude ver el cuerpo tendido bocabajo, alrededor del cual comenzaba a cerrarse el círculo de la multitud. La sangre saliendo de debajo del tipo y ampliándose en un charco en dirección a la calle. Aún no había llegado la policía ni la ambulancia. Fuera lo que fuera, había ocurrido unos segundos atrás. Una señora se tapaba la boca con ambas manos. Un tipo se tocaba la frente. Alguien emitió un gritito. Había gente asomada a los balcones. Un perro ladraba, quizá por otras razones. Los coches ralentizaban el paso. Bocinazos.

La creciente aglomeración apoderándose enseguida de la tragedia. No recuerdo con exactitud el orden de las frases, ni, por supuesto, las propias expresiones. Ha pasado mucho tiempo desde entonces.

—¿Se tiró?

—Desde el quinto, parece.

—¿Este chico no es el hijo de...? ¿Cómo se llama el del kiosko?

—No lo toquéis.

—Yo no estoy tan segura: estos suicidas suelen arrojarse desnudos.

—Antes no nos deprimíamos.

—¿Vive?

—Se tiró desde el noveno.

—Pobres padres.

—Pudo haber sido peor...

—¿Llamaron ya a la...?

Yo ya había visto un cadáver. El del director de mi escuela, que había muerto en funciones. Nos habían llevado al funeral a todos los alumnos. En plan comitiva oficial. Por la tarde fuimos a jugar al fútbol. Pero esto era otra cosa. Un cadáver —porque ese tipo no podía estar vivo— fruto de un suicidio, o de un atraco, o de un ajuste de cuentas.

—Ahí vienen.

—Te asesinan por unas monedas.

—La policía llega cuando ya ha pasado todo.

—Falta prevención.

—Creo que sé quién es.

—Hasta que no venga el juez...

Pasé lentamente junto al cuerpo. Desviándome sólo lo necesario para evitar el charco de sangre, que parecía irreal, plástico. No desvié la mirada, y sin embargo poco podría decir acerca de aquel hombre. Tal vez que no era muy mayor.

—El zapato, ahí está el zapato.

—Señores, por favor...

—Está muerto, ¿no?

—Nunca nadie ve nada.

—A mí, si me preguntan, les digo la verdad.

Mentí a mi madre sin mucho énfasis —que es la mejor manera de hacerlo— a su desganada pregunta acerca de cómo estaba la madre de mi amigo. No había estado en casa de mi amigo, claro, y por nada del mundo le hubiese dicho la verdad. Le conté lo del cadáver, eso sí. En un principio pidió detalles aclaratorios. Comencé a dárselos. Pero sonó el teléfono. Esperé a que acabara su conversación con mi tía. Fue rápida, pero luego, mi madre parecía haber olvidado lo que acababa de decirle acerca del cadáver y la sangre.

—En cuanto llegue tu padre, cenamos.

—Sí.

En casa se cenaba temprano, tarde, o a una hora intermedia: cuando llegaba mi padre. Por eso siempre me pareció que la información que mi madre solía darme entre las siete y las siete y media de la tarde era innecesaria, o redundante, o vana.

Cuando me encerré en mi habitación calculé que tendría una larga hora antes de volver a salir, a la hora de cenar, cuando llegara mi padre. Siempre calculaba una hora desde el recordatorio de mamá. Ahora, después de tanto tiempo, no sabría decir si esa noche mi padre tardó más o menos. Me pasé toda la espera hablando con mi amigo imaginario. No recuerdo toda la conversación, claro. Ocurrió hace tanto tiempo. Pero, a fuerza de repetirme cada ciertos meses algunas líneas de aquel diálogo, podría transcribir, con bastante certeza, la charla que tuvimos.

—La sangre parecía de mentira —dije.

—En realidad la sangre no es como la imaginas —respondió él.

—¿Y cómo crees que imagino la sangre?

—Como salsa de tomate.

—Sé diferenciar la sangre de las películas de la sangre real.

—¿Cuál es la diferencia?

—La sangre de las películas parece salsa de tomate, y la sangre real parece vino tinto espeso.

—Eso lo dices ahora que acabas de ver la sangre de ese tipo en la calle.

—Siempre supe la diferencia.

—Tú crees saberlo todo.

—No hables como mi padre.

—Crees saber lo que ocurrirá y cómo ocurrirá.

—A veces, lo sé.

—Pero otras veces, no.

—Casi siempre acierto.

—Creías que lo de la saliva iba a ser una dificultad, a pesar de que yo te había asegurado que no sería un problema.

—Tú crees tener más experiencia que yo, y eso es imposible.

—¿Por qué es imposible?

—Porque has vivido lo mismo que yo.

—¿Y tú crees que tienes la misma experiencia que los de tu edad?

Recuerdo que no supe qué decirle a mi amigo imaginario. Hace cincuenta años no tenía todas las respuestas. Pero tampoco él las tenía, aunque hablara siempre con ese aire de superioridad tan suyo.

¿Cuántos años tenía mi amigo imaginario cuando murió? Uno olvida apuntar las fechas verdaderamente importantes.

—Te crees muy listo —dije por fin, sabiendo que no era más que un modo de salir del paso.

—Me creo más o menos igual de listo que tú, con una diferencia.

—¿Cuál?

—Yo sé quién me ha hecho ser como soy.

—Yo también lo sé.

—¿Quién?

—Los recuerdos y la esperanza.

—Eso que has dicho es una tontería.

—Pues olvídalo, entonces.

—Eso está hecho.

—Yo no lo haré.

Mi padre llegó. A su hora. O un poco antes. O un poco después. Mi madre nos llamó a cenar desde la cocina. Yo salí de mi habitación sin demasiado hambre. Dejé a mi amigo con la palabra en la boca.

Tengo algunos recuerdos que siempre juzgué inventados. Los he olvidado casi todos. Recuerdo, sin embargo, haber visto de regreso a casa la tarde del cadáver, antes de doblar la esquina, a unos treinta o cuarenta pasos de mi portal, a una mujer joven oculta detrás de una alta puerta de madera. Una de esas puertas comunes a tantos edificios de comienzos del siglo XX repartidos por mi barrio y por tantos otros de la ciudad de mi infancia y adolescencia. Tras la puerta, que con frecuencia permanecía abierta, se extendía un pasillo más o menos largo, con baldosas que dibujaban guardas de colores marrones, ocres. Algunos de esos pasillos acababan en una reja de ascensor antiguo. Otros se perdían al fondo, flanqueados por las sucesivas casas de la planta baja. Había, a la vista o tras un recodo, una escalera de barandas doradas y escalones de mármol blanquecino.

La chica llevaba un abrigo masculino que le quedaba grande. El pelo largo y despeinado. Respiraba agitadamente y se miraba las manos ensangrentadas. Parecía huir de algo. Pero lo hacía sin decisión, como si dudara, o se arrepintiera. Recuperaba el resuello tras una larga carrera, tal vez. O una carrera corta pero trascendental. Me miró un instante, el que tardé en dejar atrás el vano que la enmarcaba. No sentí miedo. Y eso me parece extraño. Por esa imperfección creo que el recuerdo es inventado. Un recuerdo fallido que, sin embargo, pudo haberme resultado útil en alguna ocasión.

Aunque delante de lo que queda de mi familia finjo que no es así, lo cierto es que me estoy muriendo. Solo, como me gusta estar, en esta casa que pocos han visitado. Por decirlo de un modo rápido, todo ha perdido el valor y la entidad que tuvo entonces. Me pregunto si quienes no han extraviado la capacidad de recordar, guardan memoria de su primer beso. No me hago muchas más preguntas que ésa.

Las animadoras

A efectos del relato diré que ella era una animadora de diecinueve años. Tenía, entonces, una edad que podría definirse, en muchos sentidos, como intermedia. No sólo intermedia entre los dieciocho y los veinte. Trabajaba durante los tres meses de verano en un hotel de playa más o menos tópico. Un hotel grande y hortera construido en los años setenta al borde de una bonita playa más o menos popular, pongamos, de una isla. El establecimiento se nutría de la consabida afluencia de turistas nacionales y extranjeros; éstos, sobre todo, alemanes e ingleses.

Todos los veranos se parecen, podría haber afirmado ella o cualquiera de los trabajadores del hotel.

Nuestra joven animadora animaba festivos grupitos de niños. Lo hacía entre las diez de la mañana y las ocho de la tarde. Era uno de los reclamos del hotel: apuntar a los niños en las actividades lúdicas diarias permitía a algunos padres perder de vista a sus hijos durante horas. La animadora formaba dúo de trabajo con una compañera con quien también había coincidido el verano anterior, en el mismo hotel.

Ambas trabajaban duro durante el día. Cada tarde, a las siete y media, ponían un broche de oro a su día laboral interpretando y bailando con los niños, en el gran bar al aire libre, canciones que también los padres conocían. Algunos padres varones miraban con otros ojos cómo danzaban las animadoras vestidas con sus reglamentariamente cortitas faldas azules.

Ambas muchachas dormían en la misma habitación que les habían asignado el año pasado. Solas. Una de las animadoras que nos ocupa se llamaba Mari —no de Mary, sino de María—. La otra se llamaba Ana.

Por las noches, entre las animadoras y los animadores —que también los había— solían producirse ligeros simulacros de amor sexual. Bastante endogámicos, promiscuos y fugaces, seguramente determinados por la naturaleza del trabajo que los reunía allí. Las parejas más estables que se formaban ni siquiera podrían denominarse como «amores de verano». Aunque tal vez alguno sí que lo fuera.

A las dos semanas de iniciada la temporada de aquel verano, Ana acudió una tarde al médico, aquejada de síntomas difusos. Esa noche, Mari durmió sola. También la siguiente. Y la tercera. Tardaron aún una semana en encontrar una sustituta para Ana. Mari tuvo que asumir en soledad las labores que antes compartía con la enferma.

Se supo, o se infirió vagamente, que Ana había tenido que volver a su hogar, para afrontar allí la cura y convalecencia del mal que le había chafado el verano. Enfermedad leve, en todo caso, según se supo. O se creyó saber. Mari comprendió entonces que no tenía siquiera el número de móvil de su compañera, a quien, después de haber compartido un agradable verano de trabajo el año anterior y de haber comenzado éste ilusionada de volver a compartir con ella otros tres meses, podría comenzar a considerar como su amiga. No consta que Mari hubiera hecho nada por conseguir el modo de contactar con Ana.

La reemplazante de Ana se llamaba Karen —con k, según aclaró durante los primeros días— y parecía una chica maja. Incluso se lo parecía a las mujeres del grupo. Karen tuvo rápido y fulgurante éxito entre el sector masculino del equipo de animación. No se puede decir que Karen no le sacara partido a la respuesta, digamos afectiva, que generó entre los chicos. Gustosa, Mari acoplaba algunas noches sus horarios de sueño a los escarceos de Karen con alguno de los muchachos. No existe confirmación fehaciente de que también algún cliente del hotel hubiera yacido con Karen. Sólo rumores.

Aproximadamente un mes más tarde de la llegada de la sucesora, Mari se sorprende al comprobar que ya no mide el tiempo transcurrido a partir del abandono de Ana, sino a partir del arribo de Karen.

Que se sepa, Mari, felizmente casada y con dos hijos —y a pesar de haber atravesado ya dos edades intermedias después de la de los diecinueve— jamás ha vuelto a pensar en Ana.

Tres cuerpos

El viejo Cherkis haciendo su paseo habitual tras el desayuno. También hoy. Ninguna contingencia climática lo ha arredrado jamás. Que él recuerde, sólo ha dejado de dar su paseo los tres días que no pudo más que quedarse en cama tras la caída y la rotura de tibia; los tres primeros días, los siguientes, contraviniendo las indicaciones médicas, salió a la calle como siempre. De esto hace ya ocho años. El recorrido es siempre el mismo. Las incidencias que rompieron la rutina durante el trayecto, en estos casi veinte años, han sido mínimas. Desde que sale de casa hasta que regresa no pasan más de veinticinco minutos ni menos de veintiuno. Ahora mismo, luego de haber estado en la panadería —allí, con frecuencia, pronuncia las primeras palabras del día, al saludar al panadero que le entrega las dos barras de siempre, sin esperar a que se las pida, desde hace ya más de dos décadas—, rodea la catedral de Bistra, luego enfila la calle Doormes en dirección al río. En la esquina girará a la izquierda, inmediatamente después comprará el periódico —siempre compró *El Capital*, aunque ya ni él ni el periódico son rabiosos izquierdistas—, y dos calles después volverá a encontrar su casa, en el 12 de la calle Mistral. Entrará, claro.

Nunca supo decir si le gustaba su ciudad, pero ciertamente le gustan los paseos que da por su barrio. Éste mañanero, sobre todo. Luego le permite a su rutina darle alguna que otra sorpresa de vez en cuando: quizá otra salida vespertina sin rumbo prefijado; tal vez siesta o sólo lectura en la cama; atender a una visita más o menos familiar; el arreglo de algún electrodoméstico... Y, cuando ello ocurre, no siente que se trate de un contratiempo. Pero todo ello, cuando pasa, es una vez haya vuelto de su indeclinable primer paseo diario.

Ya con el periódico en la mano, enfilando hacia el hogar, recuerda el diálogo que ha tenido con su esposa antes de salir —hoy ha sido uno de esos días excepcionales en los que intercambian alguna palabra durante el desayuno—. Tal vez sería más apropiado decir que no ha olvidado el diálogo desde que lo ha tenido, y, ahora, lo reconstruye mentalmente.

El matrimonio sentado a la mesa, desayunando lo de siempre: café con leche —ella con más leche que café, él con más café que leche—, dos tostadas cada uno —las de ellas menos tostadas—, mermelada de melocotón para ambos. No recuerda que la mesa haya tenido otro mantel que éste de cuadros azules y blancos —su mujer podría rebatirle el recuerdo, claro—.

—¿Qué pasa? —había preguntado él.
—¿Qué pasa? —había respondido ella.
—Estás callada.
—Siempre estamos callados durante el desayuno.
—Aun así.

—¿Aun así, qué?

—Aun así estás más callada.

—Come.

Luego había salido sin despedirse, como siempre, y sin abrigo, como durante la primavera y el verano. Y ahora vuelve, unos veinte minutos más tarde. Seguramente antes de los veinte minutos. Ha caminado algo más rápido que de costumbre. El corazón parece latirle más aceleradamente. La respiración es algo más agitada. Tal vez sólo sean ideas suyas. O tal vez es cierto, pero los sintomas pueden deberse a otras causas, y no a haber realizado el mismo recorrido en menos tiempo. Está a punto de cumplir los setenta y seis y, a esas edades, el aire puede escasear por innumerables razones. O sólo por una: la acción de los años.

Antes de entrar al salón sabía que ella estaría sentada a la mesa, jugando un solitario. O sentada a la mesa cosiendo. O sentada a la mesa... No está sentada a la mesa. Ni tampoco sentada en el sofá, donde, por otra parte, no suele estar sentada cuando él regresa de su paseo matutino. Mira en dirección a la cocina. Camina por el pasillo y comprueba que la puerta del cuarto del baño está entreabierta y mira dentro sin entrar. Sigue en dirección al dormitorio. Siempre le ha parecido que su casa es más grande de lo que aparenta serlo. Siente que esta teoría íntima e indemostrable se hace cierta cuanto más es el tiempo que lleva habitando la casa.

Su esposa está tumbada sobre la cama recién hecha. Vestida con el camisón y la bata. En su lado de la cama —que es el más cercano a la ventana—. Con los brazos extendidos a ambos lados del cuerpo, pegados a éste. Muerta.

A pesar de que él sabe, antes de confirmar su estado, que su estado es ése, la sacude levemente cogiéndola de un hombro. No necesita más comprobación para certificar el deceso.

Le sobreviene un suspiro para el que, por un instante, siente que no tendrá pulmones suficientes que lo acojan.

Vuelve sobre sus pasos. Llama a su hijo desde el viejo teléfono negro que siempre estuvo en la mesita del salón.

—Soy tu padre.

—Hola, papá.

—Anoche, tu madre me hizo una pregunta disparatada...

—¿Qué?

—Que ayer tu madre me hizo una pregunta disparatada.

—...

—Me preguntó que, en caso de que ella muriera, a cuál de nuestros hijos daría antes la noticia.

—¿Qué?

—Que a cuál de nuestros hijos...

—Sí, te he entendido.

—Eso me preguntó tu madre anoche.

—¿Te encuentras bien, papa?

—Tu madre ha muerto.

—Pásame con ella, papá, anda.

—No puedo: ha muerto.

—¿Qué estás diciendo?

—Que ha muerto.

—Papá...

—Sólo te he contado lo que ella me preguntó anoche. Ahora, tu madre ha muerto. Acabo de volver de la calle y está muerta.

Cuelga después de que su hijo, que vive a unos veinte minutos en coche de allí, le pida que se tranquilice y le diga que inmediatamente saldrá para su casa. Está tranquilo. Su hijo rara vez tarda más de veinte minutos en coche. A esas horas, incluso es probable que llegue en dieciséis o diecisiete.

El sofá es de cuero marrón. De tres cuerpos. Sólo con verlo queda claro que el *cuerpo* del medio es el que menos se ha utilizado.

Cherkis se sienta a esperar en su lado del sofá. Los asientos de los extremos están arrugados, agrietados, pero no podría decirse que el sofá esté roto, si quisiéramos ser exactos. Desde allí fija su mirada en un punto de la tele apagada que tiene frente a él. La tele es más nueva que el sofá, pero no muchísimo más nueva. Se la ha regalado el único hijo que tienen. Es un buen chico. En el vértice superior izquierdo de la pantalla, Cherkis descubre una manchita minúscula, pero visible, claro. No utiliza gafas. En términos generales, goza de buena salud. Es un viejo saludable. Cree que las ideas más inesperadas —ni buenas ni malas: inesperadas— le sobrevienen a uno si se concentra el tiempo necesario en un determinado punto, el que sea. Esa manchita negra en la pantalla de la tele que acaba de descubrir es un punto en el que concentrarse tan apropiado como cualquier otro. Vacia su cabeza de pensamientos, o eso cree. Concentrarse en no concentrarse. La mirada pierde la noción de lo que está mirando. Se nubla, puede decirse. Difumina el punto en el que uno se ha concentrado. Enseguida lo difumina todo. Si se hace bien, en cierto modo, puede decirse que uno se ciega. Ya no sabe lo que está viendo.

El éxito en este caso ha sido relativo. El anciano ya no está concentrado en la manchita de la tele; ni está ciego, deambulando por el vacío de la existencia. Ha oído las llaves de su hijo en la puerta. Ya está aquí. En tiempo récord. Con los nervios, seguro que se ha saltado todos los semáforos. Es un muchacho que nunca les ha dado problemas. El viejo es consciente de que se encuentra sentado en el lado del sofá que le corresponde. Mira hacia su derecha. Comprende que son dos minúsculas gotas de agua apenas salada las que anegan por completo el salón.

Novela familiar

Habían pasado dos días. Pero la novela no había acabado aún. Él se la seguía leyendo. Lentamente. En voz alta. Pero no tan alta como para que le oyeran los vecinos. Pocas páginas. Faltaban pocas páginas para acabarla.

Mientras promediaba la lectura de la novela, ayer, pensaba, intermitentemente, en los cuentos que le había leído de niña. No interrumpía la lectura para pensar.

Un mal día lo tiene cualquiera. Y uno bueno. Y habían tenido muchos buenos.

Ella había vaticinado que no tendría crisis de los cuarenta. Lo había hecho el día anterior a cumplirlos. Tal y como no había tenido crisis de los treinta. Ni de los veinte. Antes, no lo recordaba. Le había convenido olvidar la crisis de la adolescencia. Y lo conseguía la mayor parte del tiempo, desde entonces. Su cabeza había hecho cremas pastosas con su pasado, con su memoria.

Ahora, claro, la entidad de la Muerte otorgará a todo un tono desagradable. Dará lugar a las consabidas interpretaciones tendenciosas. Maledicentes. No es que a él le importe, porque para cuando los demás se enteren, seguramente ya habrá acabado de leerle la novela. Y todo cuanto se hubiese podido hacer estará ya hecho.

Él había decidido que ampliaría la librería, para poder liberar de libros buena parte del suelo del apartamento. Pero ahora los planes se habían trastocado. No sentía pena por ello. No era importante, después de todo, dónde descansaran los libros. Eso puede esperar a que pase todo el revuelo que sobrevendrá.

Se llamarán a engaño en un primer momento. Porque ella está desnuda. Y, probablemente, también él lo esté cuando entren a buscarlo. Es verano, en la casa hace calor, y lo que menos le apetece es echarse algo encima. ¿Para combatir qué?

En la tele, dos noches atrás, habían dicho que éste era el verano más caluroso de los últimos veinte años. ¿O habían dicho treinta?

Hace ya tantos años que aprendió a vivir más allá de lo que esperan de él. De la ropa que esperan se ponga. De la higiene que esperan se aplique. Del pensamiento que esperan tenga. ¿Qué importan los gestos que hace cuando va por la calle? Mucho menos los que hace dentro de casa. Pasen y vean. O no pasen y hablen. Hablen, en cualquier caso.

Era consciente de la imagen que daba. Y que ésta se correspondía con el epígrafe que lucía el frente del cajón en el que lo habían metido. Los habían metido, más bien, porque ella era igual a su padre. Según pensaban y decían los demás. Y según ellos mismos pensaban y decían.

¿Qué importa la filosofía, la moral, la psicología y todas esas mierdas? ¿Qué importa no saber lo importantes que son? ¿Te crees mejor porque tienes un coche? ¿Porque la gente no te mira de reojo en el metro? Tenía una mente simple. Y procuraba que lo siguiera siendo. No porque creyera que la gente con menos cosas en la cabeza fuera más feliz, sino porque nunca había sabido ser de otra manera.

Ella era igual. No hay más que verla ahora, tendida boca arriba en la cama. La desnudez, de siempre, había sido una expresión cotidiana en la casa. (Este aroma que le gusta pensar como acre, es nuevo, sin embargo. Una consecuencia lógica, dadas las circunstancias. Dada la incipiente descomposición del cuerpo y dado el insoportable calor.) La desinhibición. Los pelos.

Los vecinos nunca habían llegado al extremo de denunciarlos cuando los veían hacerlo en el balcón. A plena luz del día. Un espectáculo que representaban con frecuencia. Indiscretos. Gritones. Aun en pleno invierno. Sólo había dos casas desde las que podían ser vistos. Tal vez porque todos se conocían, nunca nadie se había quejado a la autoridad. O, si lo habían hecho, padre e hija jamás se enteraron.

Cuando la madre vivía era igual. Bueno, era mejor. Los tres. Siempre. Amándose sin puertas. Y sin ternura, casi siempre.

Los psiquiatras de lo antiguo, y también algunos de lo nuevo, aseguran que todo tiene un límite, incluso la libertad. Él ha leído y escuchado esas cosas. Qué estupidez. Que la visión de los padres haciendo el amor —aun un amor sosegado— no es «digerible» por la psiquis de un niño. Que hay prohibiciones. Interdicciones. Sana censura.

Pero la niña aceptaba que eso que ocurría debía ocurrir. De siempre. Y lo mismo la adolescente. Y en la cama siempre hubo lugar para ella. La familia disfrutando, más allá de novedosas o arcaicas teorías que recomendaran esto o lo otro.

Después de los dieciséis, la edad difícil se tornó imposible edad. Y eso que no era ni un novio ni era nada, se la llevó. Bueno, y ella se lo llevó a él.

Volvió tres años más tarde y por fin aceptó que lo mejor para ella era lo mejor para todos, y que lo mejor para todos era ser acogidos sin remilgos por el amor y el sexo. Familiarmente. Unidos y revueltos como siempre había sido.

La habían echado de menos. Y la fiesta de bienvenida se enturbió lo suficiente como para hacérselo saber. Y ella lo supo. Le dolió. La hirió. Y lo supo. Esa tarde y los posteriores días de convalecencia.

El padre sabía que no podía echarle la culpa de todo a los pezones de la niña, pero es cierto que eso fue lo que hizo, o, al menos, lo que verbalizó. La culpa por sentirse culpable de su partida. La culpa por no poder hacer lo suficiente para adelantar su regreso. Y la culpa por hacerle daño en su bienvenida. Sus tetas, después de aquello, seguían gustándole muchísimo. A pesar del nuevo aspecto que habían adquirido cuando acabó la tarde que ella volviera a casa.

Cuando cumplió veinticinco, mamá murió. Y ella y su padre tuvieron ocasión de demostrar que eran una familia bien avenida. Y lo hicieron. La foto seguía presidiendo desde la mesilla de noche. Y ambos la miraban en algún instante, durante los actos que celebraban en el dormitorio. A modo de homenaje. Un símbolo en el que ninguno de los dos —que tanto la habían querido— creía demasiado (no la habían llorado cuando el cáncer, no la iban a llorar ahora, ahí, en el papel). No le encontraban un sentido cabal a mirar su foto, a dejarla presidir el dormitorio. Pero tampoco encontraban sentido alguno a hacer algo en contra de su permanencia allí. En la foto. Sonriendo. O simplemente frunciendo el gesto a causa del sol dándole en los ojos. Mamá —ambos la llamaban así— estaba allí, enmarcada, como un día podía no estar más allí.

No era que los demás sospecharan: sabían. Siempre supieron. Pero a ellos dos no les importaba, ni siquiera tenían en cuenta nada de lo que ocurría en el mundo exterior. Eran seres adultos. Asentados. Nada podían hacer en el círculo más externo de la familia —ni en el barrio, ni en el resto del lejano planeta que los excluía— por impedirles vivir su vida. Nada más que escandalizarse en secreto. Segregarlos. Dirigirles miradas subrepticias en las tiendas.

Él siempre había sobrellevado con terror de padre los noviazgos de su hija. Tal vez el único rasgo de su personalidad que lo incomodaba. La madre decía que la niña debía recorrer el camino. Que el camino la traería de vuelta. Que nadie podía salirse del camino trazado. Hasta que llegó el tal Willy. Los chicos parecían hechos tal para cual. Demasiado para un verdadero padre.

Ella supo al instante quién había sido. Nunca supo, en cambio, cómo lo había hecho. Bien, eso sí, lo había hecho bien. La policía sólo le hizo tres o cuatro preguntas a papá. La misma tarde que encontraron el cadáver del chico con los órganos internos carbonizados (según sintetizó el inspector). Pegado, casi literalmente, a la alambrada eléctrica de la mansión del industrial de los colchones. Tres manzanas más abajo.

La hija nunca hizo preguntas. Y llorar, sólo lo hizo a solas, un par de veces, algunos meses más tarde. Todos, en mayor o menor medida, comprendieron que tenemos un camino que recorrer. Y que es inevitable recorrerlo, como le gustaba sentenciar a mamá.

A veces, a algunos, a algunas, aprender a comprender se les torna un sendero cenagoso. Cuesta. Pero ella, finalmente, había aprendido a comprenderlo. Tal vez el trabajo lo hiciera el estado de su cabeza. Sería más propio decir que la niña había aprendido a dejarse mecer por lo que ella llamaba «esa somnolencia». Todo lo dejaba pasar. Pasaba por su cabeza y lo dejaba pasar. Y todo pasaba. Como licuado. Fluía sin oposición. Pasaba y, al pasar, ya no había pasado.

La niña incluso estaba dispuesta a dejar pasar —ya con cuarenta años— la última paliza de su padre. La que le dejó una marca imposible de disimular. «La marca de la eternidad», había gritado su padre en pleno fragor de los golpes. A ella la frase le había entrado por uno de sus sangrantes oídos y le había salido por el otro. Licuada. Hecha papilla por la sabia acción de su cabeza.

¿Cuánto tardarán en venir?

Faltan cinco o seis hojas para terminar. Tal vez sólo cuatro. Es una novela desastrosa. Confusa. Como azarosa. No se puede decir que estuviera disfrutando de su lectura. Pero era la más larga que el padre había encontrado en su librería.

Estocolmo

Ella aún no sabía que la habitación no era demasiado pequeña, las paredes no estaban desconchadas —aunque tampoco decoradas—, no había mesilla de noche —el flexo en el suelo— ni ventana; que la cama era pequeña podía deducirlo —más pequeña que las pequeñas: definirla como una cuna grande no sería desajustado—; el suelo era de baldosas —frío, aun al pisarlo con los calcetines puestos como ella hacía—. La habitación, dadas las circunstancias, no estaba mal. Las sábanas limpias. Olor neutro.

Desconocía, claro, si tendría tiempo y facilidades para hacer de ese cuarto un lugar al que poder considerar suyo. Algunas veces creía que dispondría de tiempo y facilidades. Otras, que no. Ninguna de las dos perspectivas le resultaba deprimente.

—Lo necesito. Tu compañero no me habla. Nunca me ha hablado —dijo ella.

—Es reservado y tiene miedo de hacer algo mal.

—No sé hasta cuándo estaré aquí.

—Tampoco nosotros lo sabemos. No es que no queramos decírtelo. Ya hablamos de esto.

—Sí, y me da igual el tiempo que falte. Ya te lo dije. Pero lo necesito.

—Después de los malentendidos de la primera semana, las cosas parecen haberse reconducido. Muy pronto estarás fuera.

—No importa. Estaré aquí el tiempo necesario. Sólo te ruego que...

—No vuelvas a pedírmelo.

—¡Hazme algo!

—No puedo. Tengo una vida. Pretendo ser un profesional, como mi compañero.

—No te pido que me quites la venda, que enciendas la luz, que me desates las manos. Me da igual todo eso. Me quedaré quieta. Tienes que verlo como una medida terapéutica.

—No hago esas cosas. Menos a una niña como tú.

—¿Otra vez?

—Me da igual que tengas diecinueve. Ya sé que tienes diecinueve. Pero yo no soy así.

—¿Por qué tenéis tanto miedo? Os aseguro que no es una estratagema. Lo necesito. No me juzgues mal. Me da igual que me juzgues mal, pero no soy una enferma. No sabía que esto pudiera pasarme alguna vez. No sabía que lo llevaría razonablemente bien después de tantos días. Todo es excepcional. A nadie preparan para esto. Una no sabe lo que debe sentir. Yo no sabía que pudiera tener una necesidad como la que tengo. Además del agua, de la comida.

—Lo siento. Tranquilízate. Todos esperamos que esto acabe pronto.

—No lo veas como algo sexual. Por favor.

—Vendré en una hora a retirarte la comida.

—Y a atarme las manos otra vez.

—Lo siento.

—Por favor.

—...

—¿Crees que es agradable sentir esto? No disfruto. Padezco. Me siento culpable.

—Lo siento mucho.

—Haz algo, entonces.

—Volveré en una hora. Come. Descansa.

Se tumba sobre la cama. Molesta. Le fastidia no salirse con la suya. Ni tan siquiera obtener un premio de consolación a sus esperanzas. Se engaña creyendo que todo cuanto arribe a su vida será —antes o después, en mayor o menor medida— bienvenido. Le gustaría ser más fatalista de lo que cree ser.

No puede decirse que su autoestima esté pasando por su mejor momento, y deberían darse cuenta de ello. No cree que minarla psicológicamente forme parte de ningún plan: no es a ella a quien deben socavarle el concepto que tiene de sí misma. La negativa a confortarla en la medida que ella desea se debe más bien a un déficit de la personalidad de esos tipos, no a las especiales circunstancias en que todos se hallan. Fuera, en la calle, libres, esos dos, seguramente, son igual de torpes, emocionalmente hablando, que allí y ahora.

La vestimenta de la chica no ha variado en estos ocho días. Sigue llevando la camisa blanca —ya no impolutamente blanca— y los vaqueros gastados.

Los calcetines están sucios porque ella se empeña en andar por la habitación. También, con toda seguridad, el culo de los vaqueros acusa todas las veces que se ha sentado en el suelo de la habitación. Nunca en el mismo sitio. No han barrido desde que está allí. El olor aún no es desagradable, pero, ciertamente, ya no es indiferente como durante los primeros días. La idea de ducharse no acaba de convencerla, aunque, a veces, piensa que debería pedir que se lo permitan hacerlo. Encuentra que llevar el pelo corto la favorece en un nuevo sentido en el que no había reparado hasta entonces. La estética, la adhesión a cánones estéticos más o menos aceptados en su grupo social, nunca le ha importado demasiado. Aquí, ahora, puede abandonar casi cualquier pretensión estética sin ser tildada, en ningún sentido, de diferente o especial.

—¿Eres Juan? —dijo ella.

—...

—¿Te llamas Juan? Eso me ha dicho Raúl. Es lo único que me ha dicho de ti.

—...

—Ninguno de los dos os llamáis como decís llamaros, ¿no?

—...

—No deberíais preveniros tanto contra mí. Aunque os viera la cara, supiera vuestros nombres reales, vuestros apellidos, conociera vuestras biografías... No te estoy pidiendo que me quites la venda, que me desates, que me dejes llamar a mis padres. Juan, o

como te llames, oye. Háblame. Dime hola. Llámame
Elena.

—...

—No retires los platos aún.

—...

—No hables, si no quieres. Pero no te vayas toda-
vía. Escúchame. No cierres. Dile a Raúl que venga.
Dile que no volveré a pedirle que me toque. He re-
flexionado. Lo comprendo. Ya no necesito nada. Está
bien así. Me basta con la comida. El agua. ¡No! No
cierres. Dile a alguien que venga. No es necesario
que hable. No hace falta que me toque la cara. No me
importa quedarme aquí hasta que se acabe todo esto.
En serio. Podéis estar aquí conmigo. Todo el tiempo.
Confiad. Yo nunca sabré nada de vosotros dos.

La puerta apenas si hace ruido al cerrarse. Elena
piensa que ése es un hecho llamativo. Intencionado.
Seguramente hay una sólida razón para que la puerta
resulte casi inaudible. Los imagina echando aceite a
las bisagras el día anterior a su llegada. Echando aceite concienzudamente. Probando la puerta. Abriéndola
y cerrándola decenas de veces. Consiguiendo, poco a
poco, el silencio casi total. ¿Por qué coño habrán hecho eso?, piensa todos los días Elena. A veces sonríe
mientras lo hace.

Mucho tiempo sin llorar. No lo había hecho desde
que estaba allí. Se le había escapado una lágrima al
llegar, pero era más bien rabiosa, no de dolor o de

pena: una lágrima de impotencia. Ahora lloraba. A moco tendido. Lloraba de soledad. Un llanto nuevo. Nuevo en su vida y no sólo nuevo en esta habitación —bueno: ¿qué podía saber ella de la historia de la habitación antes de su llegada?—. Cayó en la cuenta de que nunca se había sentido sola. Tampoco durante estos once días allí. Ahora sí que padecía este nuevo sentimiento que la vaciaba de lágrimas. En la cama. Andando por la habitación. Hecha un ovillo en una de las esquinas. En la otra. Exhausta, vencida, se duerme tumbada transversalmente en la cama.

Al cabo de unos minutos, el hombre tal vez llamado Raúl entró con sigilo, como si temiera que, a pesar del tratamiento silenciador, alguna de las bisagras chirriara. Cerró la puerta. Dejó el plato con espaguetis y el vaso con agua en el suelo, al lado de la cama. Salió nuevamente. Ella se despertó un momento al oír la llave girando en la cerradura. Pero creyó que se trataba de un sueño.

Veía. Le habían quitado la venda. La habitación estaba en penumbra, pobremente iluminada por la bombilla de baja potencia del flexo. Lo primero que pensó es que se trataba de una iluminación teatral. Nada había de gratuito en la despojada puesta en escena.

También, por primera vez, pudo comer o no comer por su propia mano: ya no las tenía atadas a la espalda. Ahora, permanecían anudadas entre sí delante de ella. No quería agradecerles los gestos. No quería acusar que, sobre todo, podía ver, siendo que antes, los quince días anteriores, no podía. Lo último que haría sería agradecerles la benevolencia. No era una súbdita rendida. No quería serlo.

Él estaba encapuchado. La luz no lo ilumina ba-
todo.

—Sí, he dormido bien. Es lo que quieres oír, ¿no?
—respondió ella.

—Te lo pregunto porque me intereso sinceramente.

—Crees que teniendo una actitud atenta conmigo,
tu alma va a redimirte de haberme hecho esto.

—No es eso, Elena. Sé que está mal.

—No, no crees que esté mal.

—Sí, lo creo. También lo cree tu familia. Por eso
nos dedicamos a esto. Quitarle temporalmente la libertad a una persona funciona.

—No sabes si será temporalmente.

—Todo saldrá bien. Sabes que el error cometido al
principio de todo esto ha sido que contactaran con la
policía. Ahora se necesita algo más de tiempo.

—Sí, ya lo sé. No haces más que repetirme que
todo saldrá bien, que se necesita tiempo, que no puedes darme tu mano. Sabes que hay días que no me
importa ponerme en tu lugar. Pero hay otros en los
que me da igual qué clase de hombre seas.

—Lo comprendo. Te portas muy bien.

—No me hables como a una hija, imbécil.

—Lo siento.

—Tú no sientes nada. No sientes piedad. No eres
desalmado. Sólo ejecutas tu parte.

—Te trato lo mejor que las circunstancias me...

—Chorradas.

—Juan ya no viene. Te afectaba muchísimo que
mi compañero no hablara cuando entraba aquí. Bien,
pues yo... Para mí es un esfuerzo. Mis horarios se
han trastocado.

—Me da igual que vengas tú, o Juan, o nadie. No esperes que te agradezca tu *gesto humanitario*. Sigo necesitando que me acaricies y tú sigues trayéndome comida y agua, como has hecho desde el primer día.

—Por favor, no empieces otra vez. No me pidas cosas que no puedo darte.

—Llévate todo. Quiero dormir.

—Deberías comer un poco más.

—Y tú deberías irte a la mierda.

—Estás muy delgada.

—Gilipollas.

Volvió a quedarse sola. Escuchó el ruido que no hacía la puerta al abrirse y al cerrarse. Repitió *gilipollas* una y otra vez para sus adentros. Hasta quedarse dormida.

Le parece extraño que el clima, el estado que se ha generado, sea tan relajado. Falso, quizá. Pero qué ambiente no lo es. Incluso fuera de allí. Siente una especie de agradecimiento que no sabe a quién o a qué hacer llegar. Hicieron falta dieciocho días y una labor subrepticia de mucha gente —además de otras muchas insondables circunstancias— para que en la habitación se estableciera esta templada meteorología. El radio de acción, centrífuga y centrípeta, que tiene por núcleo la cama, se extiende hasta una cantidad indeterminada de kilómetros. No tiene dudas acerca de ello. Pero no piensa preguntar cuán lejos está de casa.

—¿Sabes de dónde viene lo del síndrome de Estocolmo? —preguntó ella.

—Sí, unos rehenes en un atraco a un banco de Estocolmo. Tres mujeres y un hombre. Estuvieron cinco días. Cuando todo acabó, se...

—Claro, cómo no vas a saberlo. Eres un profesional.

—Lo soy, sí.

—Nunca estuve en Estocolmo.

—Eres joven.

—¿Dónde estamos?

—¿Qué?

—¿En qué ciudad?

—No me preguntes eso.

—¿Qué importa que me entere de que estamos en tal o cuál sitio?

—Todo importa.

—¿Cuántos días llevo aquí?

—Por favor, Elena.

—¿Estás casado?

—No lo estás haciendo bien.

—Tú tampoco. Y eso que no dejo de recordarte lo que deberías hacerme. Eres un carcelero lamentable.

—Todo acabará muy pronto.

—No te confundas conmigo.

—No me confundo. Te comprendo.

—No me comprendas, tampoco. No sé si aquí, entre nosotros, está entrando a jugar algún síndrome. Pero el de Estocolmo, ni lo sueñes.

—Lo sé. No te preocupes.

—No me preocupo. Preocúpate tú si sientes que en esta habitación crees haber encontrado algo que te faltaba.

—Soy un profesional. No temas.

Miedo es algo que sentiría en cualquier otra parte, en otras circunstancias, seguramente. En circunstancias normales. La paradoja es que aprecia que lo normal es no encontrarse ya nunca en circunstancias diferentes a éstas. Cree que podría seguir construyendo una existencia a partir de este encierro. Crecer, desarrollarse, sin salir nunca más de allí. Es un buen plan de futuro. Hacerse mayor, luego vieja, en esta cama. Sin mejorar apenas las condiciones de vida. No tardaría en pedir papel y lápiz, probablemente. Podía y puede vivir sin música. La comida, aun siendo la misma que ha degustado hasta ahora, podría matizarse con algunas especias, levemente, para resultar algo más sabrosa. Detalles. Siempre se ha considerado una persona austera. La vida, ahora, le daba la ocasión de probarse hasta qué punto lo era. Sólo necesitaba que le desataran las manos, y acababan de hacerlo por fin.

Movía su mano lentamente, como intentando de algún modo equilibrar el camino de la arañita que recorría el dorso de la misma. Por un momento le pareció que el insecto comprendía el juego, y se desplazaba siguiendo la dirección y velocidad adecuadas para ayudar a la armonía que ella proponía al mover ligeramente la mano hacia aquí, separar levemente el dedo índice del mayor, suavizar el desnivel del nudillo elevando el meñique, etcétera.

Entonces, Raúl irrumpió en la habitación sin prevenirse contra ruido alguno. Con urgencia.

—Llegó la hora.

—Lo sé.

—Vamos a ir en coche. Será una media hora de viaje. Te dejaremos en un sitio resguardado. Tendrás que esperar una hora, aproximadamente, para que vayan a recogerte. Te quitaremos la venda de los ojos. Te dejaremos los pies y las manos libres, pero no te muevas del sitio. Les daremos las señas exactas para que te recojan ahí.

—Tranquilo: no lo echaré a perder.

—Lamentamos mucho que se haya prolongado más de lo previsto.

—No lo lamentes.

—Esperamos que, después de todo, te hayas encontrado a...

—Pareces un gerente de hotel.

—Ya...

—¿Has sonreído?

—Tienes razón. Parezco el gerente de un hotel.

—¿Juan vendrá con nosotros en el coche?

—Sí.

—¿Me hablará por fin?

—No lo sé.

—¿Ya tenéis el dinero del rescate, no?

—Claro.

—¿Os cambiará la vida?

—Para siempre.

—A Juan no sé, pero a ti seguirá faltándote algo.

—Por supuesto. Pero también me sobrará algo.

—Menos mal que dijiste esa frase tan pero que tan práctica. Nuestra última charla estaba cogiendo un caminito de lo más cursi.

—...

—Me gusta cuando intuyo que sonríes.

—¿Vamos?

—Vamos.

—…

—Cuando me desatéis las manos y los pies, por favor… hazlo tú.

«Nada ha cambiado», como le había repetido su madre ya tantas veces desde su regreso. Y, sin embargo, su habitación de siempre era otra para siempre. Los peluches ya le parecían pecios infantiles antes de su forzada ausencia de veintidós días. Ahora, la visión de esos juguetes peludos casi conseguía hacerla reír. Sentía que había llegado una ola de actualización que había arrasado con todo sin haber siquiera rozado nada. Mamá había aireado a diario la habitación durante su ausencia. Y quizá esas brisillas subrepticias lo habían impregnado todo de una sustancia indefinible, inaprensible. Una forma invisible de espejos. El material del que está hecho el inevitable futuro a partir de ahora.

La madre, empeñada en retomar la vida en el milímetro en que su niña lo había dejado.

El padre, apreciando que se ha ido una y ha vuelto otra, según sintetizó para sí el segundo posterior al de la vuelta de su hija.

—No lo consigo, papá.

—Tápate, hija.

—Perdona.

—Debes ocuparte más de ti. Estar pendiente de ti. Mírate.

—Me sé.

—¿Qué?

—No necesito mirarme.

—Deberías volver a vestirte. Vestirte y salir a la calle. Como si alguien te esperara. Como si alguien esperara verte bien. Debes dar señales de vida.

—Deberías oírte.

—Sólo quiero lo mejor para ti.

—Lo sé.

—Paciencia. Tiempo.

—No es eso. Sé lo que me falta.

—No puedes necesitarlo, hija.

—Crees que no debería necesitarlo, pero es lo único que me falta.

—Tienes todo el tiempo del mundo para recuperarte. Esta experiencia ha sido terrible. Todos lo sabemos. Tu madre. Yo. Tienes toda nuestra comprensión.

—Lo tengo todo menos lo que necesito.

—No puedes necesitarlo.

—Cada día más.

—No puedes necesitar a ese hombre.

—Cada día.

—Ya han pasado seis meses. Tienes todo el tiempo del mundo, pero ya han pasado seis meses desde que pagamos el rescate. ¿Cuánto tiempo necesitas para ponerte a olvidarlo, para comenzar a intentarlo, para volver?

—Papá...

—Tápate, hija, por favor.

—Perdona.

Ver de cerca

Le faltaba una calle para llegar a su hogar. Entonces comenzó a desandar el camino que había recorrido desde el café. Apenas quinientos metros. Transitados casi a diario. Otras veces iba a otro establecimiento, en otra dirección. No tenía preferencias. Era un anciano saludable, y caminaba sin esfuerzo veinte o treinta calles diariamente. Ahora, promediaba el regreso al café.

Se había dejado las gafas sobre la mesa. Las usaba sólo para leer. Leía mucho. Las necesitaba. Tal vez el camarero viera las gafas antes que los siguientes clientes; o bien éstos le indicaran al camarero que... ¿Quién necesita una gafas que no son suyas?

Hacía sólo cinco o seis minutos que acababa de pasar por ese lugar en el que ahora dos policías tapaban con sabanitas metálicas el cadáver de una persona que —creyó entrever— no llegó a los cuarenta años. Era un barrio tranquilo, aunque allí, en la avenida, siempre había más movimiento. Había ahora un discreto y concentrado revuelo. Patrulla. Policías. Ambulancia. Auxiliares médicos. El muerto. No parecía haber sido un accidente automovilístico. Tampoco un atropello. Tal vez un infarto. Muchas mujeres. Vecinas. Una médica. Una policía. Registró esa especie de raro silencio que había encapotado la calle. Un clima, más bien, que le resultó extraño. Se aferró al sonido de un claxon no demasiado lejano para tranquilizarse. No era el primer muerto que veía en la calle. Aunque, quizá, fuera el último.

¿Cómo pudo haber ocurrido esto en tan poco tiempo? Tan sólo un momento atrás, la calle era la que diariamente solía ser a esas horas de la tarde. Repentinamente, la policía, la ambulancia, los vecinos, el joven muerto. Todas aquellas mujeres ejerciendo sus oficios, o sus ocios.

Llegó al café. El camarero, al que conocía, pero de quien ignoraba su nombre —ambos eran discretos—, al verlo entrar buscó en su chaqueta las gafas olvidadas, y se las mostró a la distancia, serenando al miope olvidadizo.

Negras. De pasta. Tan anticuadas que resultaban otra vez modernas. Pequeños rayones y desprendimientos en el armazón. Las viejas gafas.

—Es la primera vez que las olvido —dijo el viejo.

—Siempre hay una primera vez para todo.

—Eso dicen.

—Ha tenido suerte.

—Sí. Gracias.

—La gente se queda con cosas que no necesita.

—...

—Es así. Cualquier camarero lo sabe.

Pudo ver a la mujer que, hace sólo un rato, no había dejado de mirar por la ventana mientras él se tomaba el café. Seguía mirando. La había observado durante casi todo el tiempo que había permanecido esa tarde en el café. Podía describir su pelo, el collar, el color de su vestido, intentar explicar el escorzo recortándose en el cristal. No su mirada, que, desde su mirador, sólo podía ser imaginada. Él lo había hecho. No le había puesto una mirada verde ni azul, exótica: esa señora no la necesitaba. El hombre había pensado, y ahora volvía a hacerlo, que quien imagina una mirada que no ve, también puede atisbar una vida que desconoce.

Antes de irse del lugar sin las gafas, y de volver por ellas, la mujer también era una anciana, pero tenía, o aparentaba tener, unos cuantos años menos que él. Nada había cambiado. Tal vez porque una mujer como aquella ya no podía cambiar.

Ella, antes y ahora, hacía ligeros gestos, se acomodaba un mechón, se tocaba levemente una mejilla, carraspeaba. Pero ahora el viejo pensó en la mujer como si fuera la bella estatua de una mujer. Algo sólido que permanecía desafiando al tiempo. Algo inamovible. Tal vez acumulando decadencia como cualquiera de nosotros, pero inamovible. Cerrarían el café. Lo demolerían. Levantarían allí una sucursal bancaria, y la mujer permanecería, aun de un modo imposible de permanecer, mirando —o haciendo lo que estuviera haciendo— por la ventana.

La anciana, que antes no había reparado en él, tampoco lo hacía ahora.

El abuelo salió del café sonriendo, llevando las gafas en su mano. Retomó el camino de regreso a su casa. No tenía prisa por llegar. Lo asaltó la idea de evitar el lugar del muerto. Se sorprendió al pensar que alguien como él, un descreído de casi todo, tuviese siquiera el atisbo de cambiar de calle por una razón como aquélla. Una razón incomprensible. Se sintió un poco más viejo. ¿Qué pensaría la mujer del bar de verlo en ese absurdo trance? Se reconvino para sus adentros acelerando el paso, como obligándose a pasar cuanto antes otra vez a la vera del cadáver.

Cuando llegó al lugar no había rastro del evento de hace un momento. ¿Cuántos minutos podrían haber pasado, cuatro, seis...? Buscó algún policía demorado por las preguntas de algún vecino. Una ambulancia a lo lejos. Nada. Ni sangre. Aunque tampoco la había visto antes. ¿Dónde estaban aquellas mujeres?

Se detuvo, miró hacia atrás. El tiempo pasaba de un modo extraño. Siguió su camino. A paso algo más lento.

Llegó a su casa. Subió como siempre los dos tramos de escaleras. Entró. Se preguntó qué leería. Entonces reparó en las gafas aprisionadas en su puño. Le costó un raro esfuerzo abrir la mano. Uno de los cristales se había salido del armazón. Abrió completamente la mano. Pudo ver, con dificultad, surcos rojos debajo de la piel, sangre volviendo a circular luego de haberla mantenido retenida, encerrada, durante un rato. Cayó al suelo el cristal desgajado de la montura y, luego, el resto de la gafa.

El viejo se asustó. Porque no sabía de qué debía asustarse. Podía llamar a su hija. Pero no estaba tan espantado como para inquietarla.

Por la ventana del salón entró una repentina ráfaga de viento. Le pareció insólito. Hace sólo un momento, en la calle, sintió, como durante las últimas semanas, un bochorno bastante molesto para él, que siempre había preferido el clima frío.

El otoño lo había sorprendido en mangas de camisa, apuntando mentalmente las preguntas que mañana le haría al camarero.

Fin de *Refugio de mascotas*

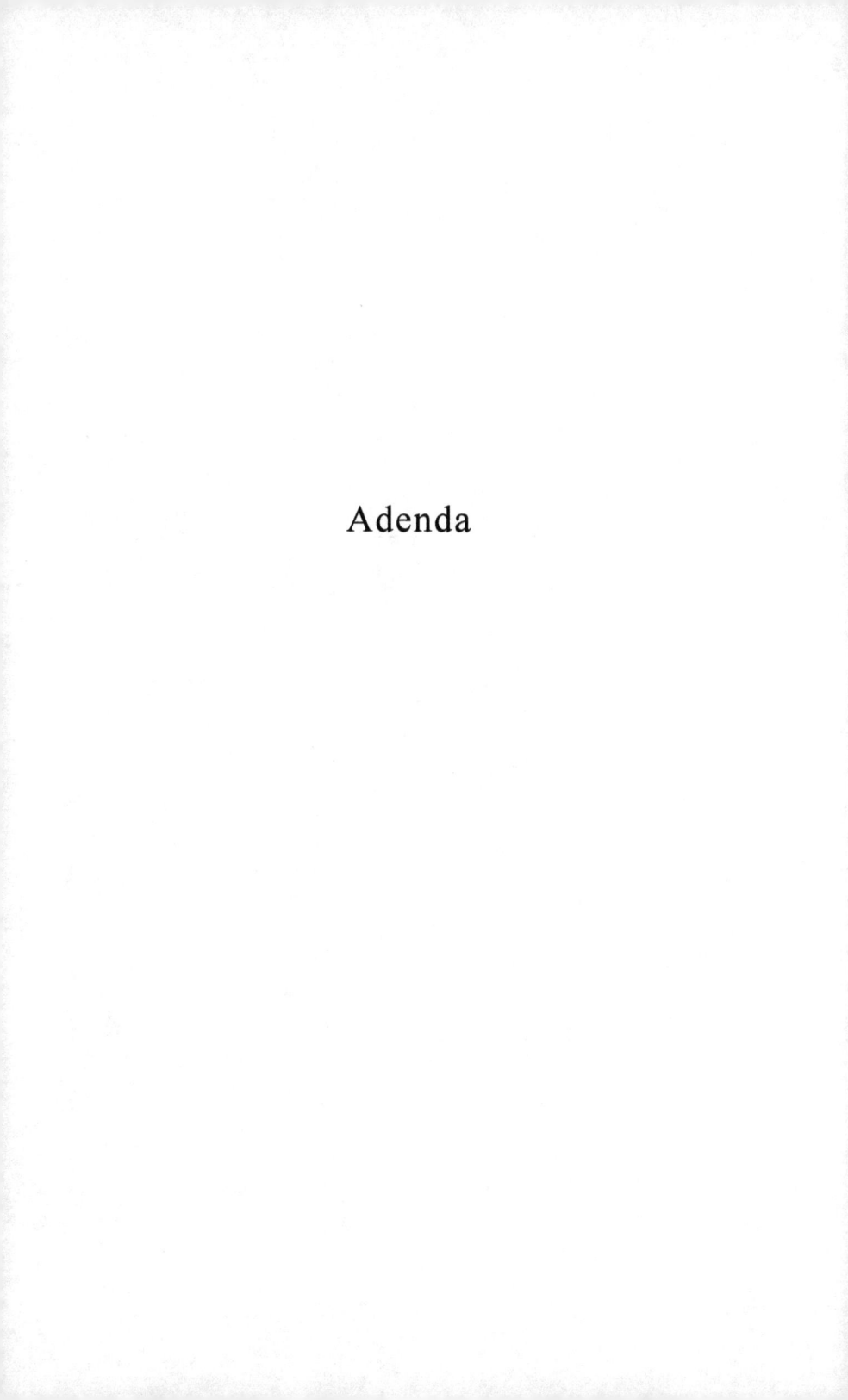

Adenda

Roberto Villar Blanco por Roberto Villar Blanco

Me gusta escribir. No sufro haciéndolo (a veces un poco). Escribo cosas diferentes. Desde encargos profesionales (soy guionista) hasta desvaríos personalísimos. No hago el esfuerzo de decir, incluso decirme, para qué, por qué escribo lo que escribo. Dilucidar las razones. No te digo ya explicarlas. Por esa razón, seguramente, soy un pésimo vendedor de mis palabras: no sé —y no me preocupo demasiado por saber— teorizar acerca de ellas. Siempre preferiré que leas lo que escribo a explicarte lo que escribo. Sobre todo si tengo que hacerlo personalmente, explicándome de viva voz. Por eso me resulta un mundo bastante amigable éste de las redes sociales. Puedo exponerme a la vez que esconderme. Soy disperso, irreflexivo, tímido. Es parte de mi encanto...

Diez diálogos

1
De un planeta lejano

—Pero... ¿qué te has hecho en el pelo?

—No quiero ser la típica rubia que entra al despacho del detective para dar comienzo a la trama.

—¿Las morenas también pueden hacer eso por un relato negro?

—Calla, no pierdas el tiempo, que tu secretaria cada vez tarda menos en almorzar.

—Llámame sentimental, pero antes de que te quites la falda me gustaría que me besaras, rubia.

—...

—Puedes seguir.

—Ayúdame a dejar atrás a la que era.

—No volveré a llamarte rubia. No sé si puedo hacer algo más.

—Gracias.

—Haré como si no me importara que pretendas ser una morena artificial.

—¿Sábes de dónde viene eso de monte de venus?

—De un planeta lejano.

—¿Te gusta cómo me ha quedado?

—Es inquietante.

—Más inquietante es ser morena arriba y rubia abajo.

—¿Sí?

—Deja de mirármelo. Ven.

—...

—No temas, sabe igual que siempre.

—Eso lo tendré que decir yo, morena.

—Date prisa. Tu secretaria...

—...

—...no tardará...

—...

—...en llegar...

2

Qué pieles tan blancas

—Ya lo ve. Una de ellas tumbada sobre la cama. La otra, sobre el sillón. Ambas impúdicamente muertas, semi desnudas o semi vestidas. Las dos con la tendencia congelada de hacerse una con la moqueta. Completamente elegantes. Muertas en blanco y negro. La de la cama en negro. La del sillón en blanco. Poco rojo. Sólo —perdón por la cursilería algunas veces leída, pero no me resisto a decirlo así— pequeñas flores rojas abriéndose a la altura de sus corazones. Y esas leves guardas rojizas en las paredes.

—¿Arma blanca?

—Blanca y negra, ya se lo dije.

—¿Sabemos algo del móvil?

—El de la dama de negro sonaba cuando llegué. El de la de blanco, puede verlo aún, apresado en su mano.

—El gerente dice que las cámaras del hotel han atrapado al asesino.

—Sólo falta discernir entre los cientos de abrigos de solapas levantadas, gafas negras, sombreros. El invierno complica las cosas.

—Por algún sitio habrá que empezar.

—Empiece usted. Yo me quedo en esta habitación hasta que llegue el juez. Con ellas. Esperando que la seda siga su curso. Tengo todas mis esperanzas puestas en los cuellos de sus blusas. Deslizándose camino de su perdición perdida.

—Qué pieles tan blancas.

—...

—Lo dejo solo, entonces.

—Me deja usted en la mejor de las compañías.

3
No todo el mundo vale para esto

—Sigo sintiéndome capaz, pero necesito tiempo.

—Creo que se te ha acabado el crédito.

—Lo he intentado, con todas mis fuerzas.

—Hay que hacerlo, en ese punto se acabaron los ensayos.

—¿Qué te han dicho?

—Imagínate.

—¿Están muy cabreados?

—Es tu segundo fracaso.

—Yo soy el primero al que le jode no responder a sus expectativas.

—Hablas demasiado. Le das demasiadas vueltas.

—Lo sé.

—No eres un intelectual.

—Lo sé, lo sé: soy un hombre de acción.

—Que no se atreve a apretar el gatillo.

—Latente. Latente hombre de acción. Está dentro de mí. Queriendo expresarse. Queriendo salir para servir a la causa. Soy un fanático. Dentro de mí hay un soldado. Un soldado desesperado por poder hacerlo.

—Tus fracasos nos han puesto en evidencia y en peligro a todos nosotros. ¿Dónde ha acabado Carlos después de lo que hiciste el mes pasado?

—¡No dejo de pensar en eso! Cada noche. Por eso debo redimirme.

—¿Redimirte? Hablas demasiado. Lo de ayer es imperdonable, no van a dejar que...

—¡Lo tenía! Has visto cómo le apunté.

—Claro que lo vi. Y él también te vio. Se dio la vuelta, supo que medio segundo antes le estabas apuntando a la nuca, y también supo que no podrías.

—Cuando me miró lo tenía encañonado entre los ojos. Hubiera causado el mismo efecto que en la nuca.

—Pero lo miraste, sí, ya me lo repetiste veinte veces.

—Ese ha sido mi fallo, mirarle a los ojos.

—Por favor, eso es una ñonería. Déjalo, déjalo, por el bien de todos nosotros.

—He aprendido. Sé lo que no tengo que hacer.

—Te ha reconocido. Y esos dos que estaban al lado también. Desaparece. Y no vuelvas.

—Uno aprende de los errores.

—Esto no es una academia. A ese momento hay que llegar aprendido. Acabaste abrazado a aquel árbol, vomitando.

—Por favor, diles que lo haré, que la próxima vez lo haré. Dentro de mí hay un soldado. Sólo quiero liberarlo. Por favor, ¿qué será de mi vida si no consigo liberar al soldado?

—No todo el mundo vale para esto.

—Pero él sabe, mi soldado me dice cada noche, todas las noches, que ha nacido para esto. Para redimirme un día, un día epifánico en el que sabré por fin cuál es mi cometido en esta vida, aunque la pierda al instante siguiente. Es un fanático que vive para salir de mí y liberarnos a todos de la opresión a que nos somete el...

—¿Epifánico? ¡Joder! Hablas demasiado.

4
Tres mil ahora y tres mil después del trabajo

—¿La tienes?

—¿Y tú el dinero?

—Claro.

—Es de mi abuelo. Una garantía. La cuida más que a la abuela.

—Pero él no sabrá que

—No, claro. Deberías confiar más en mí.

—¿Te parece que confío poco? Eres el único que lo sabe. Eres mi brazo ejecutor.

—Por eso. Deberías confiar en mí, y en mi abuelo.

—Tres mil ahora y tres mil después del trabajo. Ten.

—De acuerdo. Gracias.

—Pero no quiero que lo dejes inválido, ni en coma. Si respira, aunque sea lo único que pueda hacer, me devuelves esos tres mil.

—Tienes un problema, tío. Un problema de confianza. Una amistad no se puede cimentar en...

—Oye, que tú mucha amistad, pero me estás cobrando. Y una pasta.

—Lo primero que debe saber un amigo es separar los negocios de la amistad.

—Déjalo. Hazlo. Hazlo bien.

—El arma de mi abuelo no me permitirá fallar.

—¿Qué pistola es?

—Una Luger.

—Pero...

—La tiene cuidadísima.

—Ésa la usaban los alemanes en la segunda guerra mundial.

—Y en la primera. La de mi abuelo es de la primera.

—Joder.

—Tranquilo, pongo las manos en el fuego por mi abuelo.

—Tú no me conoces, ¿vale? Si no lo consigues, si te pillan, si...

—Yo a ti no te conozco de nada. ¿Somos amigos o no somos amigos?

—Joder.

—La confianza es la base de la amistad, tío.

5
Estás completamente loco

—Tal vez ocurre que hemos dejado de vernos. De tanto convivir. Nos confundimos con nuestra vida. Nos nublamos. Nos nubarramos. Nos neblinamos. Hubo un día —pero no sabemos cuál, yo arriesgo que aquella tarde de hace dos años, cuando volvimos de la comida con Juan— en que comenzamos a eructar soterradamente la niebla que habíamos ido incorporando durante años. Diez o doce. Algunos de los cuales —estadísticamante, sumando horas de tardes, noches, etc.— fuimos felices y no sólo relativamente felices. Recuerdo la primera mañana en que fui consciente de la niebla. La niebla ya fuera de nosotros. Ocultándonos. Te entreví saliendo del baño. En realidad, estabas entrando.

—¿A qué viene todo esto?

—¿Ves lo que te digo? No estoy ahí, no estoy frente a ti. Estoy detrás.

—¿Qué dices?

—Que vivimos rodeados de espejos, por eso no sabes dónde estoy. Yo tampoco estoy seguro de por dónde andas ahora mismo. Aparentemente estás en todas partes. Estoy rodeado de vos y por eso no consigo verte entre esta turbidez.

—Estás completamente loco.

—Ojalá lo estuviera completamente. Pero no es mi culpa. Ni es tu culpa. Es culpa de la niebla.

—Duerme, anda.

6
Pues me voy

—En las noticias acaban de decir que un violador no tendrá que entrar en la cárcel. También han dicho que un niño ha muerto de una manera estúpida, mientras jugaba al fútbol. Los enfermos tienen más posibilidades de seguir viviendo que los niños sanos. Y de ser razonablemente libres, además.

—¿Nada de eso te resulta inspirador?

—Sabes que cuando me duele el cuello se me instaura una especie de modorra, de adormecimiento, que puede durarme un día entero.

—¿Y si te digo que me voy donde tú no puedas verme ni yo pueda leerte?

—Eso ayudaría a mi rabia y a mi tisteza.

—Pues me voy.

—No funciona sólo con decirlo. Tendrás que irte.

—Pues me fui.

7
¿A los polis les gustan las series de polis?

—Claro que sé dónde vivo.

—¿Y tus padres?

—Ellos también saben dónde vivo.

—Son las once de la noche.

—Conozco estas horas como la palma de mi mano.

—Es muy tarde y hace mucho frío para que estés aquí, solo.

—¿Conoce la palma de su mano?

—...

—Es una frase estúpida. ¿Quién conoce la palma de su mano?

—No deberías estar aquí a estas... No deberías estar aquí.

—Vivo cerca. Estoy paseando.

—Te acompaño a tu casa.

—Como quiera.

—¿Cuántos años tienes?

—Si me acompaña en silencio, mejor.

—Como quieras.

—Si fuera realmente bueno interrogando, no necesitaría hacer tantas preguntas para averiguar lo que quiere saber.

—...

—¿A los polis les gustan las series de polis?

—Casi no veo la tele.

—Es aquélla. La casa verde.

—¿Tus padres duermen?

—Como troncos.

—¿Tienes llaves?

—Desde los nueve.

—¿Cuántos años tienes?

—...

—Esperaré a que entres.

—Como quiera.

8
Aprendo rápido

—Estoy desencantado contigo.

—¿Desencantado?

—Sí.

—¿Dónde aprendiste esa palabra?

—*Cuándo* la aprendí, querrás decir.

—¿Cuándo?

—Cuando supe que no podría hacer nada por evitar aprender de ti cosas que no quiero saber, papá.

—Tan joven y ya desencantado.

—¿Tan joven? No creerás que éste es mi primer desencantamiento, ¿no?

—No, claro.

—Aprendo rápido.

—De todos modos, te quiero.

—Yo también. Faltaría más.

—¿*Faltaría más?* ¿De dónde sacas esas expresiones?

—Mamá lo dice mucho.

9
Es el mejor

—¿Quién puede culparme por odiarlo? Es lógico que tenga este sentimiento. No concibo consumirme en otro. Sería un enfermo si no sintiera lo que siento. Si no lo sintiera en este grado. Lo odio con todas mis fuerzas. Lo odio con mi única fuerza. La que dedico a odiarlo. Soy débil, inconstante, fláccido para todo lo demás. Nunca podré ser como él. Nunca. ¿No es motivo más que suficiente para odiarlo del modo en que lo odio? Tengo una sólida razón para odiarlo: Me dedico a lo mismo y... ¿lo has oído?

—Sí, claro.

—Por muy amigo mío que seas, no puedes decirme que no es el mejor. No te creería. Creería que eres un necio. Un imbécil.

—Es el mejor.

—Ya puedo dedicar todas las horas de mi vida a superar su excelencia. Ya puedo hacer lo imposible. Ya puedo matarlo. Nunca seré mejor que él.

—Pero tú eres muy bueno. Eres brillante. Lo creo de verdad.

—Sé que lo crees. También yo lo creo. Soy muy bueno. Y comparado con casi todos, puedo, y más de una noche, resultar genial. Pero te estoy hablando de...

—Ya lo sé.

—...otra cosa.

—Ya.

—Te hablo de eso. Eso.

—...

—Eso que yo jamás tendré.

10
¿Ya?

—El nieto no llegaba a los dos años. El abuelo ya no cumplía los ochenta. Subieron con dficultad el alto escalón del tren, que la vejez y la primera infancia tornaron en altísimo. Sentó al niño —alzándolo con esfuerzo— en uno de los dos asientos contiguos. El abuelo se sentó a su lado. Le suspiró una sonrisa. El pequeño miró por la ventana. Miró a su abuelo y volvió a mirar por la ventana. Al aproximarse a la siguiente estación, el anciano se puso en pie. Esperó hasta que el tren se detuvo por completo. Ayudó al nieto a bajar de su asiento. Ya habían descendido cuatro o cinco viajeros, y comenzaban a subir otros dos o tres, cuando el abuelo y el nieto, trabajosamente, conseguían aterrizar en el andén. Una chica, desde arriba, les tendió una mano que ya no necesitaban. El abuelo —de aspecto joven, pero tal vez de interior maltrecho— se lo agradeció con un leve gesto de su mano y una sonrisa. El tren arrancó y ellos, lentamente, se encaminaron andén abajo. O arriba. La chica se sentó en el asiento que ocupara el abuelo. Nadie se sentó a su lado. Miró por la ventana. Todo el rato.

—¿Ya?

—Ya.

ÍNDICE

Roberto Villar Blanco

Escritor, guionista y pintor, autor de cuentos y novelas, nació en Buenos Aires (Argentina), pero reside en España desde los años noventa. Se dedica profesionalmente a la escritura de guiones para programas y series de televisión. Ha recibido diversos premios por sus novelas, entre las que se cuentan *Asoma tu adiós* (2008), *La verdadera historia de Carmen Orozco* (2008), *Andén* (2015) y *La marea de San Bernardo* (2015).

Con su libro de relatos *Refugio de mascotas*, Roberto Villar Blanco alcanza una nueva madurez literaria: «Plan de estudios», «Osmundsen»... narraciones realistas escritas con un estilo sencillo y medido, mantenido desde la primera hasta la última línea, en la senda del precisionismo de autores como el estadounidense Raymond Carver o el noruego Kjell Askildsen.

Más información en
www.acvf.es